IN
COM
PLE
TA

jandaira

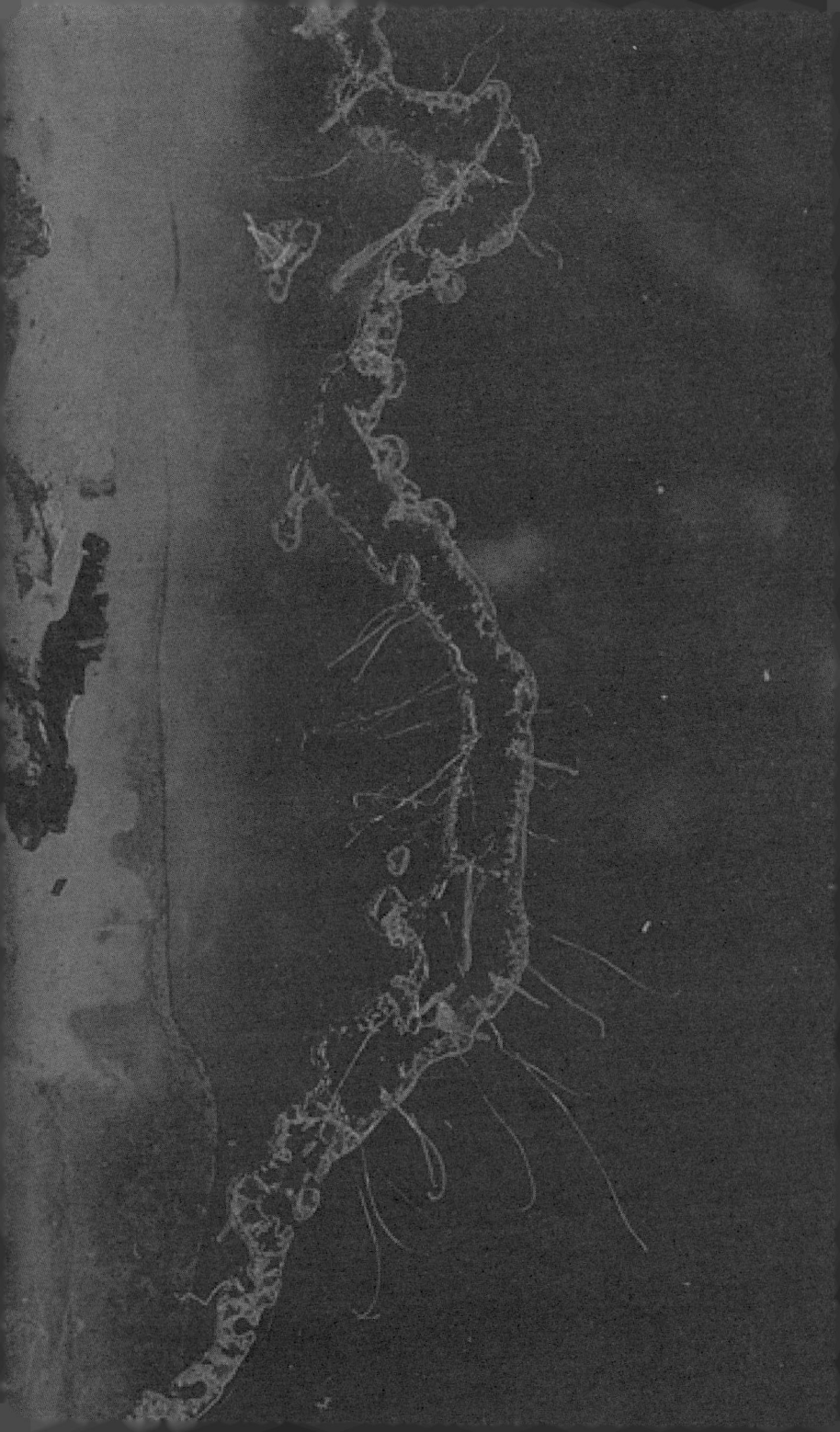

98 segundos sem sombra

Um romance de Giovanna Rivero
Coordenação editorial: Laura Del Rey e Lizandra Magon de Almeida
Tradução: Raquel Dommarco Pedrão
Preparação de texto: Marina Waquil
Revisão: Karen Nakaoka
Capa e fotografias: Laura Del Rey
Projeto gráfico e diagramação: Angela Mendes
Assistência editorial: Fernanda Heitzman
Catalogação: Ruth Simão Paulino

Este livro foi revisado segundo o Novo Acordo Ortográfico da Língua Portuguesa.

Dados Internacionais de Catalogação na Publicação – CIP

R621   Rivero, Giovanna
            98 segundos sem sombra / Giovanna Rivero. Tradução de Raquel Dommarco Pedrão. Ilustração de Laura Del Rey. – São Paulo: Incompleta; Jandaíra, 2022.
            168 p.; Il.

Título original: 98 segundos sin sombra

ISBN 978-65-88104-17-0

1. Literatura Latino-americana. 2. Romance. 3. Literatura Boliviana. 4. Literatura Contemporânea. 5. Adolescência. 6. Bolívia. 7. Narcotráfico. 8. Misticismo. 9. Diário. I. Título. II. Pedrão, Raquel Dommarco, Tradutora. III. Del Rey, Laura, Ilustradora. IV. Editora Incompleta. V. Editora Jandaíra.

CDU 821.134.2(82)   **CDD 860**

Catalogação elaborada por Regina Simão Paulino – CRB-6/1154

Copyright © Giovanna Rivero, 2022.

Todos os direitos desta edição pertencem às editoras Incompleta Produção e Imagens Ltda. ME e Editora Jandaíra Ltda., e estão protegidos pela lei nº 9.610, de 19.2.1998. É proibida a reprodução total ou parcial da obra sem a expressa anuência das editoras.

98 segundos sin sombra foi publicado no idioma original em 2014 pelo selo Caballo de Troya (Penguin Random House Grupo Editorial); em 2016 por El Cuervo Editorial, Bolívia; e em 2021 pela Suburbano Ediciones, Estados Unidos

GIOVANNA **RIVERO**

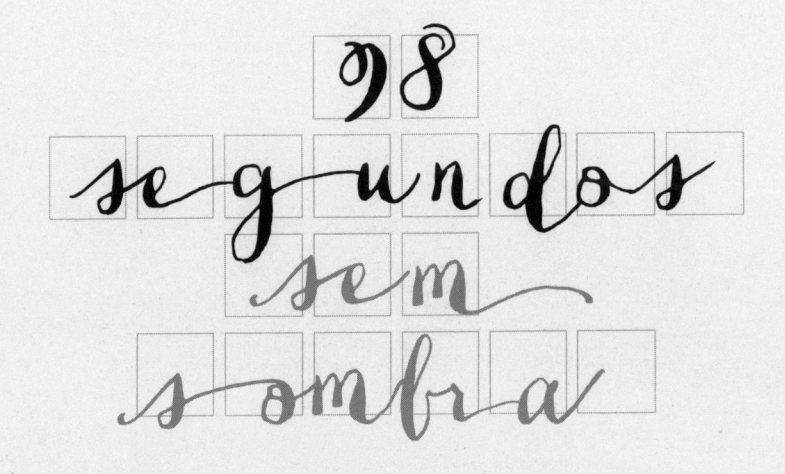

98 segundos sem sombra

TRADUÇÃO | **RAQUEL DOMMARCO PEDRÃO**

Incompleta | **Jandaíra**

1ª edição
São Paulo, outubro de 2022

1.

A melhor parte da minha vida é o comecinho da manhã, quando percorro sozinha os quarteirões que separam minha casa do ponto do ônibus escolar. Sempre penso no quanto odeio meu pai e em como nossas vidas, a da minha mãe e a minha – e, claro, a do Nacho –, poderiam se transformar em algo fantástico, um conto de fadas, se ao menos ele tivesse a decência de morrer. Se alguém me perguntar por que tenho tanto ódio do meu pai, não saberia explicar. Ele não é exatamente mau... Odeio meu pai porque ele é um intruso. Um estranho. Bom, claro que ele já estava aqui antes de eu nascer, por uma simples questão de sequência, mas tenho certeza total de que ele é um intruso. Inês entende quando digo essas coisas. Ela mesma se sente uma intrusa e diz que um dia vai voltar para o lugar ao qual realmente pertence, ainda que demore a vida toda para descobrir que lugar é esse. No entanto, a própria Inês também diz que tudo isso vai passar quando formos jovens de verdade, não "casulos", como as freiras nos chamam; cientificamente falando, já faz pelo menos três anos que não somos "púberes", ela diz, e essa palavra me embrulha o estômago. Púberes. Uma proparoxítona patética que começa com "pu". Inês desconfia de tudo o que começa com "pu":

pus, puxada, pua, purga, pulga, punhado, puta. Tudo pútrido. Adoro quando ela semicerra os olhos e começa a falar como se estivesse possuída: Essa idade, ela diz, é difícil, é dura, é patética, é um inferno. Tudo vai mudar quando sairmos do colégio e formos estudar juntas em alguma universidade do interior. Para isso falta só um ano e quatro meses. Eu concordo com ela, as coisas vão mudar, só não sei como; não sei se algo verdadeiramente importante vai acontecer com nossa mente, espírito, alma, quando por fim a escravidão da escola acabar.

Papai não é como os outros pais, fãs fervorosos, orgulhosos de suas meninas, quase apaixonados. Meu Pai é um homem que está aqui por acidente. Uma vez, quando eu era pequena, ele quis se suicidar com a corda da rede, mas a corda estava podre e acabou arrebentando. Foi um desastre completo. Ele danificou as cordas vocais (desde então, fala com uma rouquidão doentia que Inés acha sexy) e o que conseguiu foi que brotasse um caroço em sua nuca, como um ovinho recém--cagado. Coloquei o dedo indicador nesse caroço poucas vezes; me revira o sistema digestivo e os órgãos mais abaixo, e não sei dizer se o que sinto é nojo. Sempre tenho dificuldade de saber o que sinto com exatidão. Poderia dizer que sinto nojo, quando na verdade se trata de curiosidade. Uma curiosidade horrível, o desejo de que aquele carocinho funcione como uma bola de cristal opaca e me conte alguma coisa sobre meu Pai que eu não saiba, algo que poderia nos reconciliar. Algo meu através dele. *What planet is this?*

No começo eu tinha pena do meu Pai, me sentia culpada, ainda que não soubesse exatamente por quê. Duas vezes fiz penitências por não saber ou não conseguir gostar dele.

Inés me acompanhou nas penitências. Ficamos a pão e água, juro. Passar fome deixa Inés mais entusiasmada que tomar Coca-Cola com Aspirina, ela fica num estado de santidade psicodélica. No meu caso, a única coisa que aquele vazio na barriga fez foi despertar vozes, como os rugidos do além que surgem quando fazemos a agulha tocar o disco ao contrário. Seriam as minhas próprias mensagens subliminares? Hum, acho que sim.

Já tem algum tempo que eu penso que meu Pai é simplesmente um covarde. Minha Mãe já disse a ele uma infinidade de vezes que temos a possibilidade de ir para a Itália, temos direito a passaportes italianos, ainda que a gente só saiba dizer "spaguetti". Lá, eles poderiam trabalhar com qualquer coisa para que tivéssemos uma qualidade de vida melhor. O que deixaríamos para trás? Uma casa com as paredes descascadas. O cheiro atroz do vinhoto que invade as madrugadas como uma alma penada asquerosa. O rio nos ameaçando cada vez que cai um toró. Isso. Mas o mundo faz meu Pai mijar nas calças. Ir embora é coisa de traidor da pátria, justifica. "Ir embora é coisa de ianque".

Eu sempre soube que não sou a filha que meu Pai desejava, ele queria um filho – e o que me importa? Dá para perceber quando eu me aproximo para arrumar a mesa ou ajudar com as coisas do Nacho; ele quase me incinera com o olhar. Não desejo ao papai uma morte dolorosa, lenta, não é isso, bastaria uma corda em perfeitas condições, estou cansada de vivermos fingindo. Minha Mãe não me conhece bem, não posso mostrar meu verdadeiro eu para ela. Ninguém me conhece. E, para dizer a verdade, eu também não entendo muito bem minha Mãe. Não terminou a escola porque engravidou de mim, da minha existência, um ano antes de se formar; teve que fazer o supletivo para adultos e, desde então, segundo eu mesma, associa os estudos à lua e ao ocultismo. No entanto, deve ter sido isso que nos manteve juntas, apesar de eu nem sempre gostar do que há debaixo da sua roupa, da sua carne. Nós duas adoramos o céu. O céu da noite. Isso é o que eu chamo de "paradoxo".

Desde que Nacho nasceu, meus pais quase não falam durante o almoço. Ninguém fala. Metemos o nariz no macarrão e só o tiramos para tomar água. De tempos em tempos, somos interrompidos por alguma tosse endemoniada de Clara Luz ou pelas canções *collas*[1] que a babá canta para o Nacho (ainda que meu Pai odeie tudo o que é *colla*). A palavra que ele mais odeia é "guagua", e "imilla",[2] coisas que a babá repete novecentas vezes por dia, o que demonstra que não é difícil domar meu Pai, só é preciso ter força de vontade e ovários – e não tenho certeza de que minha Mãe tenha a primeira coisa. E a segunda, sem a primeira, só serve para dar a um homem descendência. "Descendência" é a palavra que as freiras usam em alusão ao ato sexual. Todos nós viemos desse ato, dá para acreditar? Só os extraterrestres se reproduzem de outra maneira. Entre nós, já existe esse tipo de ser, criaturas depositadas por arcas celestiais em lugares remotos e que se misturaram a esta civilização sem muito alarde. Não vão chegar em você e dizer, com a maior naturalidade do mundo: "Oi, me chamo Beta ou Ômega e

---
[1] Pessoa que nasceu ou mora na região ocidental da Bolívia.
[2] Respectivamente, "bebê" e "menina".

sou extraterrestre". Isso seria uma grande estupidez. Os extraterrestres se comportam igual aos comunistas: são melancólicos, silenciosos, nostálgicos e contraditórios, como meu Pai.

Implorei a minha Mãe, diante das chagas de Cristo, que se divorciasse, "não é tão ruim assim, não vai sair nenhuma brotoeja nem nada que realmente te deixe marcada". Quando você caminha pelas ruas, ninguém te olha e diz: "Essa mulher é divorciada". A própria tia Lu é uma mulher divorciada e todo mundo continua chamando ela de "senhora", o que a deixa com um humor terrível. São outras as maldades que se pode perceber em um rosto. Roubar, por exemplo. A pessoa fica com o R de rapina, de ratazana, de repulsiva, tatuado na cara. Mas eu não sou tão injusta como pode parecer. Não abandonaria minha Mãe no meio do deserto. Garanto a ela que o meu amor seria o suficiente para encarar os problemas, juro de coração que não a deixaria sozinha.

E o que ela diz? Quando não fica quieta, escolhe sua famosa explicação da "fase". Tudo são fases: crescer, estar triste, se asfixiar. "Fase" ou "estação" são suas desculpas favoritas, provavelmente porque, quando era criança, seu pai, meu avô italiano parecido com o Papai Noel, a deixava responsável pelos cultivos. E então ela diz *futuro*, futuro, fala da minha vida achando que é dela, e não posso evitar pensar em pássaros explodindo no céu. Eu quero *este* momento. Eu sei que os meus desejos matutinos são invenções, desejos deformados que nenhum Deus haverá de atender. Uma filha ama, uma filha respeita, uma filha não joga terra na cara, penso, enquanto chuto pedrinhas.

É bonito ver como as pedrinhas quicam, fingindo por um segundo que não têm peso, que são imunes à Lei da Gravidade. Uma pedrinha pequenina luta contra a Lei de Newton por quase um segundo.

Quando tenho sorte, consigo fazer uma mesma pedrinha chegar até a esquina e a coloco junto com as pedrinhas de outras manhãs no poste da placa que diz **Ônibus Escolar Escola Salesiana Maria Auxiliadora**. Assim, amontoadas, parecem túmulos em miniatura. É que, sejamos sinceros, Marzziano, o professor de Física, tem toda a razão do mundo nisto: o universo poderia se condensar em um único ponto... se soubéssemos como. Talvez o tamanho dos túmulos que eu construo com as pedrinhas seja o necessário, por exemplo, para as formigas, os escorpiões, as baratas e todos esses invertebrados pelos quais não conseguimos sentir compaixão. Talvez, sem querer, eu tenha criado um universo onde também existe amor, corações partidos e "luta de classes", como meu Pai adora dizer quando comenta sobre qualquer coisa que pareça uma briga, mesmo que seja uma partida de futebol.

Quando estou com azar, nenhuma pedrinha quer me acompanhar. Meus tênis ficam completamente empoeirados e acho que é bem assim que meu Pai se sente quando perde no carteado. Ele diz que não joga "sério", só com uns trocados. Dados inúteis trombando uns nos outros. O jogo é um ato subversivo, ele diz, não tem investimento nem lucros, só apostas. Perder é um ato subversivo, chegou a dizer com sua voz monstruosa, coçando o carocinho (porque isso o tranquiliza). Minha Mãe se enfurece e grita, depois se acalma e diz que com dez moedas consegue comprar um pote de leite em pó para o

Nacho no contrabando. É que esse leite especial vem num pote pequeno que parece de geleia. Nacho não consegue digerir nenhum outro. Uma cólica é um exorcismo. Vê-lo se contorcer no ritmo dessa guerra interior parte o coração.

Meu Pai detesta a vida. Não diz, mas transborda desprezo. "Quem caga, caga; e quem não caga, cagou", disse uma vez, neutralizando sua voz tipo um psicopata, quando minha Mãe voltou a reclamar por causa do leite especial e das cólicas cruéis. Ele tirou de algum canto uma nota cinza com a cara brava de Juana Azurduy de Padilla e minha Mãe disse que só aquilo não dava. Meu Pai respondeu que, então, ia ver se a sorte ou o surrealismo sorriria para ele. E depois bateu a porta como nos desenhos animados, quando o ar fica vibrando, estourando os tímpanos. No dia seguinte ficamos sabendo que nem a sorte, nem o surrealismo, nem o comunismo, nem a náusea. Nada saiu do jeito que ele queria; ainda que, exceto pela corda malsucedida, ninguém em casa saiba direito o que é que ele queria e o que deu tão errado.

Meu Pai é insuportável.

O pior é que, segundo Clara Luz, me pareço "com ele na medula e com *ela* nas costuras".

Não sei se concordo. O espelho é a coisa menos confiável do mundo. "*Ela*" é minha Mãe. Clara Luz nunca a chama pelo nome.

E, claro, minha Mãe se refere a Clara Luz como "a velha". Questão de reciprocidade.

Somos uma família estranha.

Talvez por isso a raiva se acumule em mim como um vômito, primeiro na boca do estômago, depois na garganta, como se eu estivesse empachada com alguma coisa. Deveria fazer como Inés, que, se tem de vomitar, vomita sem culpa. Uma pessoa não deveria engolir as piores coisas deste mundo, diz Inés com a boca ácida, e eu concordo com ela.

2.

Honesty is such a lonely word... Honestly, tenho esperança de que minha Mãe se canse um dia, que finalmente decida deixar meu Pai para irmos embora com Nacho. Eu me encarregaria de convencer Clara Luz. Sempre haverá um lugar para nós. E quando uma pessoa conhece melhor meu irmão, acaba amando o menino, só precisa dar uma mínima chance. Mas parece que minha Mãe tem uma paciência infinita, talvez porque já tenha lido um monte de livros sobre carma. Desde que Nacho nasceu, a estante dos enfeites de porcelana e a prateleira da coleção de gueixas foram se enchendo de livros estranhos – alguns falam de estimulação motora e transcendência espiritual. Minha sede de leitura é tão grande que tudo me serve, e eu também comecei a ler a série de lições sobre como fazer uma viagem astral sem ficar perdida nos confins do universo. Porque isso também é possível, que um desprendimento involuntário ocorra, que a alma se deslumbre com o resplendor de outras dimensões e deixe o corpo, pobre corpo, ainda vivo, comandado pelas batidas do coração, mas sem alma. Uma marionete frouxa, um boneco de vodu. E daí, qualquer energia, até a mais baixa, pode escapulir e tomar conta dessa carne que você desprezou. A única coisa que pode te proteger é o som.

A vibração perfeita de tudo o que você é. Foi isso que eu entendi. Vibrar. Que o ar trema com a sua respiração.

E isso é tudo o que temos em casa. "Doutrina e transcendência" em vários episódios, em folhetos finos que minha Mãe traz das suas sessões, com um oito na capa que, ah, sim, é o símbolo absoluto da eternidade. E, claro, também temos os livros encadernados com as biografias de Grandes Homens da Humanidade, totalmente *heavy*, que meu Pai consulta de vez em quando como se ali se explicasse quando tudo começou. A única coisa de que gosto nessa enciclopédia é o cheiro. O cheiro de papel fino e fotos novas. Os folhetos da doutrina são mais divertidos, ensinam aqueles sons para despertar sua força interior, tipo o He-Man com a espada apontada para cima, e mostram posturas para não gastarmos a eletricidade que todos nós temos. Minha Mãe guarda embaixo do colchão os caderninhos mais avançados, porque neles estão desenhadas as partes sexuais e sua eletricidade especial. Desde que Clarita cancelou sua assinatura da revista *Duda: lo increíble es la verdad* (porque gasta todo o seu dinheiro em spray para a garganta e em tanques de oxigênio, como se fosse uma viciada), estou me transformando numa espécie de garota nirvana de tanto mantra monossilábico. Oomm, Aumm, Immm. O meu não sai tão longo quanto o de mamãe, porque não recebi as instruções corretas que ela aprende em suas sessões de quinta-feira; além disso, sou impaciente. "Você é uma eguinha desbocada", minha avó diz. Sinto muitas saudades das histórias em quadrinhos coloridas que a tia Lu me trazia da Argentina, quando ela ainda gostava deste vilarejo. A única livraria em Therox fechou há pouco tempo e virou uma butique, e a revistaria não permite mais a entrada de menores de idade, que são espantados por um pôster mega rabiscado com três X meio tortos sobre a imagem de uma mulher lambendo a própria boca: "XXX, proibida a entrada de menores". Pode-se dizer que estou meio cansada de tudo o que é proibido. "Forbidden", se diz em inglês. Isso eu sei por ter visto na capa de um *long play* da Inés.

A última vez que comprei alguma coisa na finada livraria foi "O Diário de Anne Frank" e um caderno com desenhos japoneses, para ver se me inspirava a fazer meu próprio diário. A Irmã Evangelina queria que todas nós fizéssemos um diário onde anotássemos as "coisas da nossa época", igual à menina Frank. Aqui não tem nenhuma guerra, disse uma das Madonnas, a mais loira e, lamentavelmente, a mais esperta. A Irmã Evangelina mostrou os dentes, levantou um pouco sua Supermuleta por quatro longos segundos, como se estivesse acertando a pontaria, e disse: "Vocês têm certeza?". A mais gorda das Madonnas soltou um arroto de urso e todas riram. Rimos. A Irmã Evangelina mandou a gorda, e não a loira, recolher o lixo de *to-das* as salas de aula *sem ex-ce-ção*, para ver se assim concordávamos com ela. Quando numa sociedade a vida não vale um tostão furado, estamos em guerra, ou pior, somos testemunhas absurdas da invasão!, disse, controlando uma ira religiosa que é como uma epidemia. Eu fiquei pensando na palavra "tostão". Em que lugar do mundo se usa essa moeda?

Vamos pra página vinte, ordenou a freira, já mais calma. Vamos ler em voz alta: "É um pouco difícil entender quando não se conhecem as circunstâncias; por isso, preciso dar explicações".

Era a segunda vez que eu lia esse livro. Meu Pai tinha me dado de presente quando fiz oito anos, três dias antes de sua tentativa idiota com a corda podre. Talvez por isso eu associava o livro a uma péssima *vibe*. Foi um presente mal-intencionado e trotskista. Meu Pai não estava pensando em mim, mas nele mesmo, em ter minha mente sob controle, em me "doutrinar" (Pai dixit em referência ao Novo Testamento que somos obrigadas a ler de manhãzinha quando toca o primeiro sinal). Da segunda vez, a experiência foi melhor, e foi então que eu decidi imitar a ideia de escrever um diário. No começo, escrevi algumas coisas, sentimentos, os progressos de Nacho, e quando descobri que escrever de verdade me deixava triste, porque a vida não é algo para se escrever de verdade, parei. Guardei o diário na mesa de cabeceira embaixo de algumas revistas *Tú*, que no começo minha querida tia Luciana me trazia da Argentina – e que eu colecionava em segredo, porque papai odeia o consumo e suas vaidades. Às vezes pego o livro e leio o que copiei nas margens. "Tive a sorte de ser lançada bruscamente à realidade", escreveu a menina Frank. Parece o blá-blá-blá do meu Pai quando está terminando seus sermões patéticos: "Lá fora está a verdadeira selva, eu digo porque a conheço bem, mocinha, e você vai ver quando a vida te jogar nela". Mas como eu não sofria daquela maneira, não dormia em um sótão aterrorizada e com o ouvido atento às botas dos lobos alemães, era uma vergonha escrever um diário de verdade. Além disso, nem sempre eu conseguia me lembrar das razões que tinham me levado a grifar ou copiar uma ideia.

Grifava para me sentir mais segura, como se me agarrasse a alguma palavra inexplicável e que não tinha nada a ver comigo. Era como se muitas Genovevas se interpusessem, como quando juntamos os negativos de várias fotografias e os olhamos contra a luz. Saem monstros. Esse é um experimento que Inés me ensinou, uma coisa genial demais para compartilhar gratuitamente. O que uma Genoveva anterior tinha grifado, agora parecia ridículo ou aleatório. Então o deixei de lado; o livro da menina Frank dorme como uma aranha preguiçosa numa gaveta da cômoda.

    De qualquer forma, prefiro novecentas e noventa e nove vezes o caderno quadriculado de capa dura sem pretensões óbvias de "diário" do que um desses infantis com espirais e títulos enormes tipo "Hello Kitty"; aqui, escrevo os rascunhos das redações e coisas que me incomodam ou me machucam e que preciso colocar em algum lugar antes que se transformem em um tumor cármico, como o carocinho gorduroso do meu Pai. Só o que faltava é que me aparecesse uma protuberância dessas na cara ou na omoplata. Não, pelo amor de Deus! Por ora, todos acham que isso é uma agenda, que aqui anoto infinitos números de telefone, como se eles não soubessem que estou longe de ser uma pessoa popular e que só tenho uma amiga. UMA.

    (Clara Luz, por sua vez, diz que um dia vai me ditar todos os segredos do vodu para eu anotar com a letra bonita e redonda no caderno; conhecer esse ofício pode me tirar de apuros. Seu pai não pode saber nada dessa "herança", sussurra com sua voz de bruxa, uma voz violeta – azul violeta! – que faz coceguinhas no ouvido, porque para ele não vai poder deixar nada, nem vodu, nem terços de água-marinha, nem xicarazinhas de porcelana, nem nada que não seja esquerdista, comunista e verdadeiramente revolucionário. Meu Pai vê Clara Luz, sua própria mãe, minha avó, como se fosse uma extraterrestre. Deve ser assim mesmo que são as coisas com as mães. Algo se rompe enquanto você cresce e, então, as mães se cansam, apodrecem, se envergonham e de algum modo te abandonam.)

Esta agenda é, para mim, o que o tubo de oxigênio é para Clarita.

3.

    Comecei a escrever minhas redações no caderno-agenda quando Nacho nasceu, e a chegada dele foi como um furacão de perguntas, de medo. Meu Pai ficou intratável, era melhor que ficasse longe, jogando dados sobre a mesa de madeira gasta como se sua vida dependesse disso. E talvez dependa mesmo. Ele sempre diz que é melhor a aposta do que o consumo, o déficit do que o lucro, o dado do que a calculadora, ou alguma coisa assim. Merdas inúteis que ele murmura com aquela voz desleixada que só Inés consegue achar sexy. Voz de roqueiro, ela diz. Voz de criminoso, retruco. Voz do Jason em "Sexta-feira 13", rimos as duas.

    Meu Pai nunca pega Nacho no colo e, quando acha que eu não estou ouvindo, se refere a ele como *"o opita"*.[3] E não é a palavra o que me machuca, porque nenhuma palavra me dá nojo, mas sim essa espécie de traição; e isso, no meu ponto de vista, não tem nada de revolucionário ou subversivo. Talvez meu Pai esteja acostumado a sair de cena, a fugir, a abandonar a "cena do crime" fingindo ser outra pessoa. Ou não foi essa a estratégia que ele usou para sair da montanha? Não

---
3 Maneira coloquial de se referir aos habitantes de Huila, região da Colômbia, onde a palavra "Opa" é usada como saudação.

se fez passar pelo rapaz morto? Não assumiu a identidade de um camarada e, ao fazer isso, abandonou a si mesmo? Não teve sequer o bom senso de ouvir o conselho da própria mãe. Clara Luz conta que suplicava para que, a cada susto, a cada despedida apressada, em cada fuga no meio na noite, ele se protegesse chamando seu próprio espírito pelo nome. E é verdade. Quando Clara Luz veio morar com a gente porque seus pulmões se estragaram, ela mesma disse o próprio nome três vezes antes de fechar a porta de sua antiga casa. Mas papai é ferozmente ateu e as superstições desonram suas convicções. Portanto, se agora ele sente saudades de sua personalidade anterior, que vá chorar no rio, senhoras e senhores.

Às vezes eu tenho vontade de ter sido adotada. O desejo doentio de ter sido adotada. Que os vínculos tão sagrados com os quais as freiras nos chantageiam sejam, na verdade, gloriosamente falsos.

Apenas uma corda em perfeitas condições poderia libertar meu Pai. Ou melhor, permitir que o que está quebrado dentro dele volte a se unir. Cada peça, cada parte da sua personalidade ou da sua juventude, cada som da sua voz, seu nome e sua vida, tudo junto outra vez.

Há três semanas, enquanto nos maquiávamos no quarto de Inés, eu disse que um dia iria matar meu Pai. Inés deu risada. Eu estava sempre matando gente com os bonequinhos de vodu da minha avó, mas nunca aparecia um puto cadáver em lugar nenhum. Ou por acaso o "Quishpe" morreu de uma punhalada invisível no coração antes do exame final? Não, não é mesmo? De qualquer maneira, ela disse que queria ter minha ousadia – ela sequer tinha tido a coragem de ir embora quando o único namorado que teve o propôs, e agora era tarde demais, porque o sujeito já era um zumbi de tanta cocaína adulterada; tinham inclusive colocado nele um tabique feito com a costela de um morto para que conseguisse respirar. Imagina só, um maldito nariz? De morto! Isso sim era ser um zumbi de verdade. – Não era um septo? De metal? Ouvi dizer que era de prata ou platina – retruquei; não para contrariar Inés gratuitamente, mas porque sinceramente me parecia muito mais futurista ter no corpo alguma liga metálica que um simples enxerto de outro ser humano. Ela respondeu que tanto fazia, osso, metal ou madeira, o sujeito não servia mais. Tínhamos de planejar uma fuga, ir para longe. Com a minha Mãe, eu disse, ou pelo menos com Nacho. Com Nacho, claro, assentiu Inés, que também o amava. Eu sabia, eu sei, que ela o ama. Com a minha Mãe, por outro lado, sempre teve um pé atrás.

E pra onde você gostaria de ir?, perguntei. Inés fechou os olhos, suspirou, disse que o Egito sempre tinha chamado sua atenção. Egito? Sim, esse país de nome fascinante. Olha pra mim, disse, olha bem de perfil... Meu nariz não é egípcio? Graças a Deus bateram à porta do quarto. A empregada trouxe dois hambúrgueres e dois copos enormes de limonada. Olhou para nós duas por cima dos ombros com cara de agente da DEA.[4] Comemos desesperadas, deixando marcas de batom no pão volumoso e nas bordas dos copos. Um longo exercício de Física nos esperava e devíamos estar preparadas para enfrentar os enigmas da velocidade, da massa, do tempo e da luz, uma mistura que fazia com que nos sentíssemos infinitamente

---

4 Drug Enforcement Administration, órgão estadunidense encarregado do controle de narcóticos.

tontas. Estudávamos, mais que pela nota, para não ficar mal diante do Marzziano, que já havia nos dado um milhão de chances porque jura que, para entender esses numerozinhos levitando em cima das letras e os colchetes e raízes e demais sinais psicodélicos, só é preciso "intuição". Ele não diz "lógica", como na Filosofia. E tem algo nisso que me parece estar de ponta-cabeça. Enfim... Antes de irmos para a mesa do jardim, Inés entrou em seu banheiro. Já volto, disse, e piscou um olho. Eu nunca digo nada; respeito-a. Seu nariz não tem nada de egípcio, mas eu a amo e nunca mentiria para ela. Escutei Inés vomitar por trinta e dois segundos, dar a descarga e depois escovar os dentes com fúria – deve ser por isso que suas gengivas sempre sangram, como se fosse uma vampira.

Morro de vontade de ter um banheiro só meu também.

Quando ela voltou, disse: Aposto que você contou os segundos que eu demorei "fazendo gargarejo". É assim que Inés chama esse vício incompreensível de cutucar as amídalas até que venha uma ânsia incontrolável. E depois o vômito e aquela felicidade cheia de culpa que vai me transformando em cúmplice de algo pior, ainda que eu não saiba exatamente o quê.

Do meu lado, sei que meu vício de contar o tempo é uma coisa imensamente estúpida, por isso só falei dessa mania para Inés, e não para Clarita. Conto os segundos importantes, os segundos em que acontece ou vai acontecendo uma "mudança radical" (para usar o vocabulário de papai, que, se não fosse fanaticamente social-comunista, russo-proletário, seria uma linguagem inteligente e moderna). Não conto para poder dizer quanto dura a palavra "equação" ou quanto Clara Luz demora para enfiar a linha na agulha com a qual costura os bonecos do seu negócio; isso não significa um antes e um depois num sentido profundo. Conto outras coisas, que para qualquer um poderiam parecer insignificantes, mas que fazem com que a vida avance. De outro modo, a vida seria uma bola de energia, um tumor sem graça como a bolinha gordurosa do meu Pai. Por exemplo, sei que demoramos três segundos para encher totalmente um copo e sei que aquelas florezinhas que sobrevivem no nosso quintal, e que minha avó chama de "dormideiras", precisam de sete segundos para se fecharem como um punho, uma cumbuca apertada, se defendendo da luz solar.

Você devia estudar pra virar agente da DEA, brinca Inés. Pra essa gente, tempo é questão de vida ou morte. Você seria especialista em desarmar bombas.

É que Inés, apesar de me conhecer até o último fio de cabelo, tem uma ideia diferente de tempo; o tempo como uma coisa frágil, uma tabuinha que você pode quebrar com um golpe de caratê só de fazer as coisas mal. Ou bem.

(É claro que Inés é a única que sabe que isso aqui não é uma agenda, mas que também não é um diário de guerra, porque, obviamente, aqui não há nenhuma guerra, embora esse lugar esteja lotado até o pescoço de agentes da DEA. Alguns secretos, outros nem tanto.)

Nacho é lindo como um cacto bebê. Estou falando de cactos recém-nascidos: não espetam, são pulposos e seus calombos dão a eles um aspecto punk, algo que nem a melhor cabeleireira, nem o melhor gel do mundo são capazes de fazer. Espinhos naturais, meigos e perigosos ao mesmo tempo. Nacho é assim, tem os cabelos espetados naturalmente, seus fios são suavíssimos como plumas; gosto de assoprá-los, deixá-los arrepiadinhos. Minha Mãe pede que eu não o assopre depois de mamar porque ele fica com soluço. Isso também é ótimo, ver Nacho soluçando como um gato molhado. Nesse sentido, ele é uma metáfora complexa, inesgotável, uma armadilha. Você pode ficar olhando durante muito tempo seus olhos separados e a boquinha sempre úmida e parece que nunca vão te dizer nada; mas, de repente, zás!, uma expressão começa a se formar e Nacho, em questão de três segundos e meio, se revela um animalzinho. Nacho é um coelho, é uma ave noturna, é um porquinho cor-de-rosa. Nacho é, na maior parte das vezes, uma coruja bebê. (Ou será que eu estou tão melosa de ternura que as palavras só atrapalham e se tornam tão patéticas quanto os manifestos toscos de meu Pai?)

Pega ele no colo um pouco, até ele sossegar, pede minha Mãe quando se cansa do seu choro de coruja sofrendo com a digestão. O médico disse que o cérebro dos bebês que nascem assim manda sinais lentos para o intestino. Se querem saber minha opinião, acho que existem interferências piores que essa e que todo mundo acha supernormal. Vamos pensar no meu Pai, por exemplo. Vamos pensar no seu caráter podre, nos seus ideais que não levam a lugar nenhum. Bom, sim, levam a "nevermore", onde moram todos os que precisam se desconectar urgentemente – o que, no momento, inclui a metade deste vilarejo. Ali, enfurnado em algum canto, também ficou o namorado mutante da Inés.

Minha mão contra a pequena coluna de Nacho é a melhor coisa que pode acontecer de manhã antes de eu ir para a escola. (Já escrevi que, na verdade, a melhor parte é a caminhada com meus pensamentos assassinos, ali é quando sou *eu* em estado bruto, se é que dá para entender.) Dói me despedir, obrigá-lo a abrir os punhozinhos com os quais começa a me bater furioso, uma fúria mole, para beijar suas palmas sem dobras, como um desenho animado. Essa carícia o tranquiliza, eu o conheço perfeitamente, é meu irmão. Nacho nunca entende que eu vou voltar. Berra esticando as mãozinhas para que eu o pegue no colo de novo, mas logo se distrai com outra coisa e permanece em seu estado "baba" pelo resto da tarde. Quase sempre eu saio marcada pela baba de Nacho no avental da escola, não sinto nojo nem nada. Como eu poderia, se ele é meu irmão?, o contrário de um intruso.

Nacho nasceu em abril. Ainda fazia calor. Eu não dormi até de madrugada esperando notícias da minha Mãe, que nos últimos dias tinha ficado inchada como uma botija. Naquela noite, tínhamos sentado nas cadeiras do quintal para observar atentamente as estrelas enquanto comíamos bolachas de água-e-sal com umas geleias maravilhosas que minha Mãe tinha comprado na feira de domingo. Esperávamos a passagem do cometa Halley, que riscaria o céu pela única e última vez em nossas vidas. Órion estava claríssimo e Marte também. Isso foi o que disse minha Mãe, que aprendeu os segredos italianos com o seu pai, porque tudo o que mamãe sabe e que não tem uma explicação lógica é um "segredo italiano". Por exemplo, se você se cortar profundamente e estiver a ponto de desmaiar por causa da hemorragia, a borra do café pode salvar a sua vida. Minha Mãe também sabe reconhecer uma mulher "recém-fecundada", porque seus olhos brilham de outro jeito, ela diz, e eu às vezes me pergunto se ela não está confundindo a fecundação com as viagens ou outras coisas mais arriscadas que acontecem em Therox. Além disso, ela diz que sabe acender o fogo friccionando pedras transparentes – ainda que, para dizer a verdade, eu só tenha visto umas chispas raquíticas que até as blusas de lã de alpaca produzem quando roçam os cabelos em dias de inverno, fazendo aquele sonzinho de folhinhas crepitando.

É que minha Mãe não sabe que tudo neste planeta experimental está contaminado por uma eletricidade suja e unidimensional. Continuo: minha Mãe diz que sabe curar a dor de barriga esquentando seus dedos e colocando os três do meio na boca do estômago, ainda que isso tampouco me convença, porque só é possível aliviar as injustas cólicas que Nacho sente com três gotinhas de Sertal. E garante que sabe como ativar o leite de uma mulher, mesmo sem ela ter parido, sabedoria que eu gostaria de experimentar, mas que, obviamente, me dá muita vergonha. Fogo, alívio e leite são, segundo a desajuizada da mamãe, as três coisas mais importantes do mundo, aquilo que você levaria a "uma ilha deserta", se vangloria, como se esse Cu do Mundo não fosse uma maldita ilha.

Era o começo do outono quando Nacho nasceu, embora em outras partes do mundo a primavera estivesse recém-terminando. Por exemplo, em Miami – ali se vive uma eterna primavera, com o mar lambendo os pés das pessoas. De toda forma, era uma noite perfeita e foi bom que estivéssemos em Therox e não em Miami ou Paris ou na Cochinchina, que, de acordo com Quishpe, sim, existe. A Cochinchina existe e suponho que os cochinchinos falam cochinchinês. Mas nada disso importava naquela noite.

Estávamos quase com torcicolo com os pescoços curvados como em uma lenta convulsão, esperando que aparecesse o "mensageiro fugaz" – foi assim que o jornal o chamou. Meu Pai disse que éramos uma massa de ignorantes. Ninguém conseguiria distinguir o bendito cometa a olho nu, seria apenas puro sugestionamento. Se a imprensa nacional e internacional tinha alvoroçado as pessoas com promessas de avistamentos apocalípticos era apenas para distrair a opinião pública dos verdadeiros problemas latino-americanos, ou seja, as drogas, a inversão de valores, o capitalismo.

No entanto, não seria justo considerar meu Pai o único responsável por destruir nossa ilusão. Minha Mãe falou para eu me concentrar, imaginando que todo o meu fluxo sanguíneo confluía para a minha testa, onde está o chacra da visualização. Com o pescoço quase despencando era difícil conseguir uma irrigação sanguínea na direção oposta, mas fiz o possível. Imaginava rios estreitinhos de glóbulos vermelhos se atropelando rumo à minha testa. Tinham se passado uns duzentos segundos e então minha Mãe exclamou: "Olha! Olha que maravilha!". Eu olhei com toda a minha alma, mas não vi nada em lugar algum daquele pano anil que era o céu. Como você não está vendo?, menosprezava minha Mãe, com aquele tom angustiado que usa quando me odeia. Voltei a me esforçar, a dominar meus olhos e meu coração. Então o cometa Halley apareceu na linha do horizonte e foi avançando como uma faísca e depois ficando definido com três linhas brilhantes. As poucas nuvens se afastavam, como uma saia preta de organdi. Minha Mãe pegou na minha mão por um instante. Nesse instante, algo como dez segundos, eu a amei. Clara Luz devia ver isso, eu disse. O sereno não faz bem pra velha, cortou minha Mãe.

Mas não havia sereno. Tudo estava muito claro.

Minha mãe disse que não gostava de Marte e que o cometa Halley era lindíssimo, um peixe de cauda prateada, você não acha? Sim, sim, claro. Mas ela não achava que era a melhor bênção para um nascimento; ela tentaria aguentar até a semana seguinte. Além disso, essa era a recomendação de uma pintura em tela que seu Mestre Místico tinha dado a ela, um desenho salpicado de estrelas ao redor de um planeta bonito, circundado por sete anéis. Mamãe pendurou o quadro na sala de TV porque meu Pai não deixou que o colocasse no quarto. Odeio fanatismo, ele disse, franzindo a testa como fazem os revolucionários nos cartões-postais que ele coleciona – embora não os pendure nas paredes. Guarda esses postais cinzentos em uma pasta laranja com o escudo da nação na capa. Escreve algumas coisas atrás de cada um, datas, nomes ou uma ideia. Às vezes copio essas ideias e, fazendo minhas modificações, as utilizo nos ensaios de Filosofia para a Irmã Evangelina ou nas resenhas históricas para o Quishpe. Quishpe nem se dá conta. Em um postal, meu Pai tinha anotado com sua letra elegante: "Eu conheço o povo: muda em um único dia. Despende prodigamente da mesma forma seu ódio e seu amor. Voltaire". E em outro: "O tempo é o melhor autor: sempre encontra um final perfeito. Charles Chaplin". E em outro: "E assim seguimos adiante, barcos contra a correnteza, incessantemente arrastados para o passado. Scott Fitzgerald". Essa última é a que eu mais gosto e a que menos entendo, mas me faz imaginar Ulisses tapando as orelhas para não se render diante dos encantos mágicos das sereias, em meio a um mar muito escuro, furioso como água fervente. Para falar a verdade, nenhum dos sujeitos de quem meu Pai é fã tem um sobrenome pronunciável. A cultura estrangeirizante revolta a sua bile, mas aí ele faz esse tipo de coisa. Meu Pai é um ninho inacreditável de incoerências. Totalmente Yin e Yang. Odeia os gringos, mas os coleciona. Ou, vejamos, de onde era mesmo Charles Chaplin? E, por último, por que ele escolheu me dar de presente o livro da menina Frank e não uma dessas enciclopédias normais sobre invenções? Inés tem uma e dali tirou o experimento da justaposição de negativos. Do livro da menina Frank eu só posso tirar um enorme desejo de fugir de casa. Me sufoco.

    Enfim, eu estava contando da noite de Marte e da visita fugaz do cometa. Depois que o cometa Halley desapareceu no lugar onde o mundo se curva em sua redondez, ficamos olhando aquela enorme escuridão com os pescoços doloridos, aquela coisa profunda onde um gigante (Atlas?) poderia meter a mão sem jamais conseguir tocar o fundo. Marte não tinha se movido. Eu o imaginava ali, pendurado soberbamente como uma guirlanda de Natal, ainda que a olho nu fosse uma simples e vulgar estrela, quase opaca – e, no entanto, capaz de aterrorizar minha Mãe. Por sua culpa, a Supermãe queria a todo custo fazer Nacho esperar, guardá-lo na barriga até que a lua estivesse crescente. Eram instruções desenhadas na bendita tela, intitulada "Primeira carta", no estilo Cristóvão Colombo quando enviava seus relatórios à rainha Chabela.[5] Obviamente, foi impossível seguir as tais instruções. Não deve ter sido fácil fazer um bebê como Nacho entender que deveria esperar um pouco em prol de sua personalidade e de seu destino. Nacho já era uma criatura determinada, embora todo mundo fosse dizer o contrário depois, e decidiu que aquele era o momento. A bolsa rompeu e minha Mãe começou a pingar como uma torneira. O que é isso?, perguntei esfregando meus dedos contra a borda de sua pança. Talvez fosse urina, outro terrível sintoma da gravidez, imaginei, mas, ao sentir a seda transparente daquele líquido, soube que estava acontecendo alguma coisa mais. Foi quando minha Mãe disse: A bolsa! Corri para trazer a bolsa onde tínhamos deixado o enxoval pronto, a colchinha branca com fita de crochê, os sapatinhos diminutos que me enchiam de alegria e expectativa, as mamadeiras fervidas e, o mais importante,

---

[5] A rainha em questão é Isabel de Castela, mas a autora utiliza um apelido comum para mulheres com este nome, dando à descrição um aspecto caricato.

a fita azul-celeste para que ninguém o trocasse na maternidade. Mamãe me pegou pelos cabelos: Minha bolsa rompeu, tonta, chama o seu pai!, ordenou.

Eu sabia onde encontrar o papai. Se não fosse no bar do catalão, era nos quiosques da praça, em direção à sapataria Manaco. Corri até a praça cruzando os dedos para que estivesse ali. E ali estava, tomando os cafezinhos com os quais "conserta o mundo, a política internacional e a decadência da esquerda", como grita minha Mãe quando chega ao seu limite, que cada vez é menor. Pai, papai, a mamãe está quase...!, gritei. Engoli a palavra "parindo" porque me pareceu imprópria diante dos seus amigos, homens muito mais velhos que meu Pai, mas menos melancólicos, "porque pelo menos foram pra uma guerra de verdade" (Pai dixit). Meu Pai respirou e tomou o último gole de café. Isso durou três segundos e alguns milésimos. Subimos no jipe, que não pegou. Meu Pai me ensinou como dar partida e o que fazer quando ele empurrasse: Bombeia com força a embreagem e mete o pé no acelerador, disse. Não tive medo. Ele não precisou empurrar muito, porque o veículo arrancou, tendo piedade da situação.

Demoramos cento e vinte e cinco segundos para dar partida no troncomóvel. Achei que dirigir não era grande coisa. Muitas coisas que os mais velhos faziam não eram grande coisa. Inés e eu tínhamos vivido cruelmente enganadas durante séculos e já era hora de ficarmos espertas.

Quando chegamos, minha Mãe estava respirando como uma cadela raivosa, sentada na cadeira de balanço. Seu vestido estava ensanguentado. O Superpai quis pegá-la no colo fazendo um esforço sobre-humano com seus braços esquerdistas, mas ela deu um berro. Caminhou com dificuldade até o jipe, não queria que ninguém a tocasse. Arruma tudo, urrou, desesperada, como se fosse uma despedida. Não me beijou, mas tentou sorrir para mim. Fiquei olhando o jipe até que dobrasse a esquina. E depois olhei as estrelas; Marte tinha se escondido entre as nuvens, mesquinho, e Órion estava incompleto. Algumas nuvens pareciam carregadas com a energia que o Halley tinha espalhado. Lembrei que deveria ligar para a tia Lu, que estava aqui por alguns dias tentando convencer minha vó a se mudar com ela e, assim, ter a possibilidade de se consultar com médicos mais especializados na Argentina.

Quando peguei o telefone para ligar, um nó se formou na minha garganta. Com toda a confusão, não tinha me dado conta de que estava feliz. Amava Nacho antes mesmo de conhecê-lo.

A tia Lu chegou com mais coisas, fraldas, panos, lençóis de segunda mão, tudo com cheiro de camomila. Como tínhamos combinado, eu ia dormir com Clarita enquanto a tia Lu correria para o hospital para acompanhar minha Mãe. Clara Luz, que tinha se desconectado do tanque para ajudar no que pudesse, acendeu uma vela e rezou em latim algo que parecia mais uma canção de rock; depois, dormiu com a boca aberta. Roncava em dois ritmos – no começo, um ronco de gato que logo ficava mais forte, como o de uma mulher possuída, e de tempos em tempos uma tosse rápida, que a fazia procurar outra posição. Ao buscar a nova posição, quase sempre esticava a mão para o meu lado, e eu ficava quieta porque gostava do seu abraço. O medo sem sentido que eu enfrentava todas as manhãs indo para a escola, um medo vergonhoso de ser boba, de estar sozinha, de ser feia, medo de ser estranha e abominável, desaparecia em meio ao abraço inconsciente da minha avó.

Porém, eu não dormi. Esperei que a escuridão da noite se tornasse violeta. Adorava essa hora. Ficava romântica, amolecia. Sob essa aura lilás as pessoas sempre me pareceram anjos, transformadas, distantes de suas más intenções. Afastei suavemente o braço magro e trabalhador da minha avó e me aproximei da janela. Com certeza Nacho já tinha nascido. Muitas das minhas colegas têm irmãos, dois ou três, não mais que isso – só a vesga Ruiz que tem seis irmãos, e quando seu pai leva todos eles para passear na caminhonete, a vesga tem vontade de morrer. A coitada escorrega até quase desaparecer, mas notamos sua presença por causa do elástico de cabelo fúcsia com o qual prende um rabo de cavalo. Agora era a minha vez, minha estreia com um irmão.

Meu Pai chegou com olheiras quando a luz violeta já havia cedido e a claridade do céu ainda parecia bem-intencionada, sem aquele sol que te estrala feito um ovo frito e que obriga as dormideiras a se fecharem em um novelo. Assim que o vi, percebi que não estava feliz. Meu estômago embrulhou. A mamãe está bem?, perguntei com a voz embargada. Sua mãe está bem, disse meu Pai, eu vim descansar um pouco, a Lu ficou com ela. E o menino?, perguntei, como ele é? Que horas você vai me levar? Meu Pai bufou como fazem seus amigos velhos. O menino, disse com os olhos chorosos, o menino não é normal. Se aproximou da pia, abriu a torneira fazendo jorrar água contra os pratos e meteu a cabeça ali por oito segundos, sacudindo suavemente, como se desejasse desaparecer.

Imaginei o recém-nascido com três olhos ou cinco braços, como um caranguejo. Será que eu conseguiria amá-lo desse jeito? Ter um irmão caranguejo ia ser difícil, amá-lo ia ser difícil, mas no fundo, em alguma parte da minha mente e do meu coração, eu sabia que amaria Nacho ainda que eu mesma tivesse que aprender a língua dos caranguejos e a vidência do terceiro olho. Estava disposta a manipular o código fatal das metáforas obscuras. Senti pena do meu Pai e passei uma toalha para ele. Deita, pai, dorme um pouco. Todos os bebês nascem inchados, eu disse.

Meu Pai me olhou com ira, transmitindo telepaticamente aquele tipo de mensagem esquerdista que eu aprendi a ler nele: O que você sabe, fedelha?, primeiro aprende a limpar a própria bunda.

Respirei fundo durante dez segundos, enchendo os pulmões de raiva.

Queria que ele fosse inteligente a ponto de compreender minha resposta na mesmíssima longitude de onda. Questão de Alta Reciprocidade.

5.

Therox é um vilarejo como outro qualquer. Ou pior. Se Deus o tivesse plantado no Velho Oeste só haveria pó diluindo o sol. Mas Therox não está no Velho Oeste e, embora não seja uma ilha, funciona como uma ilha. Tudo fica longe demais, tão longe que já cheguei a acreditar que no universo nada existe. Apenas nós. Therox deveria ser uma província da Finlândia. Clara Luz contava, quando ainda conseguia falar direito, que antes o lugar se chamava Monte da Víbora, ou Monte Alto da Víbora, porque estava repleto de cobras. Meu Pai retrucava dizendo que não era por isso, mas porque um braço retorcido do rio Piraí subia pela montanha central e abraçava a região até estrangulá-la. E o que você sabe, teimava Clara Luz, se ainda não era nem uma lombriga dentro de mim?

Quando os gringos da DEA chegaram, o vilarejo se transformou em Mont. City, porque (óbvio, micróbio) é mais fácil para eles omitir esse T manco de Therox, que gera cuspidas tanto aqui quanto lá. Os gringos, por sua vez, dizem algo como "Zirok", e para mim é como se estivessem falando de uma estrela antiga em extinção ou se referindo a um novo derivado da coca, mais perigoso que a heroína.

E, dentre aqueles que já terminaram o colégio, foram estudar no Brasil ou na Argentina e voltam para passar as férias com o nariz escorrendo – mas com a boa notícia de que "o exterior" não é uma invenção febril ou um vale lunar que só existe em nossa imaginação –, surgiu um terceiro apelido para o povoado: *Cu do Mundo*. Pois bem, aqui em Cu do Mundo não podemos nos queixar de falta de nomes. Temos nomes obsessivos-compulsivos para todos os gostos.

O certo é que Therox é Therox em homenagem a um herói – se alguém tinha alguma dúvida da nossa criatividade... Se chama Coronel Marceliano Montero. Um militar que não deve estar entendendo nada do que está acontecendo, um guerreiro de cimento que não se altera diante do *tum-tum-tum* dos tambores nos feriados da pátria, enquanto o coral da minha escola grita em uníssono: "Morrer, antes que como escravas viver!". Por sorte, as freiras nos deixam dizer esse lema brutal do hino nacional no feminino. Marceliano, surdo, cego e mudo, permanece montado num cavalo que relincha eternamente, com os cascos desesperados. Meu Pai diz que sente pena dos monumentos, e nisso estamos estranhamente de acordo. Nosso herói empunha uma espada inútil contra os novos tempos.

Therox, já que estamos nesse assunto, é apenas uma ponte entre cidades maiores onde existe trabalho de verdade, porque, aqui, a única coisa à qual as pessoas se dedicam é ao "negócio". As pessoas como meus pais "fazem uma coisa ou outra" e trazem para casa um dinheiro invisível. Um dinheiro que não é possível ver ou tocar; igual ao dinheiro daquele "rei psicótico" que enganaram com uma roupa que diziam ser de ouro, mas que nem ele nem nenhum dos seus súditos conseguia ver. Exatamente assim é o salário do meu Pai. Guarda um pouco em suas miseráveis caixas de sapatos porque "não dá pra confiar no banco" e "as economias são sagradas" e "de onde você acha que tiramos o dinheiro? Das folhas das árvores? Nós não somos traficantes, minha filha", e esse tipo de coisa. Quando peço alguma coisa, qualquer coisa, grande ou pequena, não importa, ele nunca tem dinheiro. Diz, sem me olhar nos olhos, "não tenho grana", e essas três palavrinhas são mais duras que um cadeado, fecham tudo, enclausuram *for ever and ever* a cadeia de Alcatraz que é a minha casa. Estou pensando nisso tudo porque preciso escrever uma reportagem sobre "As coisas modernas em Therox"; todas essas coisas que nos rodeiam, mas que não possuo porque meu Pai é de esquerda e não vai "se render". E minha Mãe acredita na Transcendência espiritual que seu Mestre Místico lhe prometeu caso alcance o Kundalini Total. Faça-me o favor, entre minha Mãe e os maiores drogados deste vilarejo dá para fazer o jogo dos sete erros.

Minha tia Lu acredita que seu irmão é um galho partido, com a seiva brotando pelas "papilas vegetais", desorientado. A tia Lu estudou botânica na Argentina, com uma bolsa de estudos que meu Pai conseguiu com o partido, e esse é o tipo de metáfora que ela usa para renegar o mundo. Seu pai se deu mal porque seguiu "A rota de Tamara", me contou um dia. Porque todas as vezes que seu pai seguiu as instruções de uma mulher, meteu os pés pelas mãos. Era melhor ter morrido ao lado do Che, você não acha? Essa Tamara, uma espécie de coronela hippie, os levou rumo à morte, rio abaixo, e todo mundo sabe que é mais fácil descer do que subir. E ali fizeram pó deles todinhos, e seu pai, aterrorizado, tirou como pôde o uniforme e se fez passar por um prisioneiro que o grupo tinha capturado nos vales e que, na realidade, já estava morto.

Desde então, meu Pai é um prisioneiro, um prisioneiro zumbi, é assim que o vejo. Meu verdadeiro pai, que era um sujeito otimista e forte, ficou nessa floresta encantada. E não dá para voltar no tempo. O tempo é o problema.

Minha Mãe, por outro lado, não ficou em nenhum planeta alternativo, está aqui – só que feito um casulo, fechada em si mesma, mas aqui, não tem nada nela que me faça suspeitar de que seja uma impostora. O brilho verde dos seus olhos tem a mesma tristeza de sempre. Sua tristeza é inútil.

Mas, voltando ao assunto:

Num lapso de dois anos, Therox se encheu de coisas modernas. Meu Pai não acha isso bom. As coisas modernas o fazem sentir nojo e culpa desse "simulacro", como ele chama tudo, o mundo, as músicas do "Studio 54" (essa série enlatada que salva minha vida), as roupas, ou o "decreto maldito".[6] Que coisa, no tal decreto maldito existe apenas um 6, e nem se o somarmos ou multiplicarmos por 2 ou pelo número Pi que Marzziano meteu na nossa cabeça em doses homeopáticas, nos aproximamos do diabólico 666 – e com isso qualquer um consegue se dar conta de quão paranoico e esquerdisticamente complexado meu Pai é. O 21060 é o grande culpado, mas, verdade seja dita, não sei como um número assim pode transformar tanto um povo, nem que fosse o código da Kryptonita.

---

[6] Refere-se ao decreto 21.060, promulgado em 29 de agosto de 1985, que impôs ao país políticas econômicas neoliberais.

Therox, no fundo, continua sendo o Monte Alto da Víbora. Não importa para onde você olhe, sempre vai ver uma cobra buscando um buraco do corpo por onde entrar. Clara Luz diz que as sucuris, por exemplo, entram nas pessoas pela bunda e vão comendo até a alma. Quando a anemia é galopante e já não há nada o que fazer, aí os médicos começam a dar razão aos naturalistas e a considerar vagamente a possibilidade desse fenômeno que parece um sonho de LSD. Aposto minha vida que os criadores de "Alien, o oitavo passageiro" se inspiraram neste vilarejo de merda para fazer o filme.

Mas se eu tentasse ser só um pouquinho honesta, deveria dizer que provavelmente o grande problema sou eu; e essa vontade de ir para o exterior, sobretudo desde que o Mestre Hernán me iniciou nos Ensinamentos de Ganímedes. Mamãe não sabe que já o conheço em carne e osso (ou, nesse caso, em osso e carne – porque a ordem das palavras altera, sim, o produto), que fiz um verdadeiro trabalho detetivesco e que eu também tenho uma grande vocação. Aposto que se fosse possível misturar todos os tempos e pessoas deste mundo, a menina Frank seria a escolhida do Mestre Hernán. Ela escreveu: "De noite, quando começo a pensar nos inúmeros pecados e defeitos que atribuem a mim, a grande massa de coisas que devo considerar me confunde de tal maneira que começo a rir ou então a chorar, dependendo do meu humor. E então durmo com a estranha sensação de querer outra coisa além do que sou, ou de ser outra coisa, diferente daquilo que quero, ou talvez de fazer outra coisa, diferente daquilo que quero ou sou". Ela escreveu sobre aquilo que um dia eu sentiria. A menina Frank era uma solitária profeta sentimental, mas a morte se portou como uma grande amiga. A morte a protegeu. Eu, no fundo, não tenho quem me proteja. Ou talvez tenha... Talvez o Mestre Hernán seja meu protetor. Penso nisso e ruborizo.

Acho que as meninas modernas não ruborizam, acho que sou antiquada. Os sentimentos, de qualquer maneira, não são visíveis na história de uma sociedade. Daqui a quinhentos anos, quais serão as ruínas de Therox? Pensem nisso também, disse a Irmã Nuri quando nos passou a tarefa.

Então, anoto: "Em Therox há computadores que me fazem pensar no cérebro dos extraterrestres, cérebros enormes hidrocefálicos. Esses aparelhos inteligentes trazem jogos esplêndidos de comer e passar de nível. Pac-Man é o meu preferido, e também há semáforos novos porque há muitos veículos, desses que abrem a capota e daqueles altos, tamanho King Kong, com rodas gordas, que se chamam *monster trucks*. Em Therox City 'habita o paradoxo', diz meu Pai, e coloco essa frase aqui porque talvez signifique alguma coisa, algo como que aqui há muitos automóveis e pouco asfalto (só os ricos conseguem que seus bairros sejam asfaltados), mas sobretudo as motos, muitas motos trazidas dos Estados Unidos. O problema é que não temos metrô como nos videoclipes de punk vermelho e extradenso, como os do The Clash, e os semáforos não têm câmera como em outras cidades deste vasto planeta, por isso os ajustes de contas ficam impunes. Em Therox acontecem muitos ajustes de contas, alguns com sangue, outros sem sangue".

Preciso apagar a última parte. A Irmã Nuri não gosta que a gente fale da morte, é um recurso barato, ela diz. Vocês não perceberam que em todas as telenovelas aqueles que incomodam morrem? O roteiro da vida precisa de mais elegância, diz, temos que deixar de ser provincianas, porque uma coisa é ser humilde e outra é ser medíocre. Temos de ser comedidas não apenas com as vontades do corpo, mas também com as da alma, conclui, tremendo, heroica, e quando se emociona assim, suas mãos de eletrochoque ficam bonitas.

Outra coisa moderna que devo listar é a música. A música não é algo que se possa tocar, mas define como você vê a vida. Isso não sou eu que digo, quem diz é meu Pai, que cada vez escuta menos música, menos Leonardo Flavio, menos Iracundos, menos Litto Nebia. Mas, basicamente, estou de acordo: a música define como vemos a vida. Entra pelos ouvidos e modifica a vista. O que quero dizer é que a série "Studio 54" é uma coisa moderna. É uma das poucas coisas felizes que tenho na minha vida e que não dependem do dinheiro. Meu irmãozinho e "Studio 54" são as duas melhores coisas do mundo. Não me importo em entender palavras jogadas em inglês; a ideia central dos clipes, digamos assim, a imagem solitária vomitando luzes vermelhas, fazendo a sala tremer é algo pelo que vale a pena aguentar esse roteiro patético. Mas não tenho certeza de que a freira pode com tudo isso. A Irmã Nuri é um alien, nunca foi criança. Nasceu velha quando sua mãe a expeliu da barriga e saiu entre tripas e gases esticando suas garras artríticas.

Ponho a data no canto esquerdo da folha, grudo um adesivo de corações góticos no canto direito e assino com a letra mais Palmer[7] que consigo: Genoveva Bravo Genovés. Eu sei,

---

[7] Método Palmer de Caligrafia Comercial, de 1949; um método de se fazer letra cursiva.

é um nome problemático e meio de gente velha, mas, ao contrário da Inés, que odeia o próprio nome porque o acha curto e sem graça, gosto de pensar que sou como a garota do conto, a tal Genoveva de Brabante. Não por acaso meu Pai escolheu esse nome para mim. O sobrenome materno foi pura coincidência. Mamãe é descendente de italianos. Minha avó materna era muito cabeça-dura e mal falava espanhol, por isso preferia falar com as plantas da sua estufa. Dizem que me pareço com ela, mas, no fundo, quero me parecer com minha avó paterna, Clara Luz, não só porque ela também tem nome de princesa de contos de fada (ainda que a coitada esteja velha e doente), mas porque gosto da sua personalidade. Não é a típica vovó carinhosa que te mima mesmo quando você faz a maior cagada; ao contrário, é rígida e, quando estava bem de saúde, podia te levantar pelos pés por vinte segundos completos, desafiando a Lei da Gravidade, sem que nem mesmo suas veias do pescoço saltassem. Clara Luz é brutal, sincera, tem alguma coisa que ultrapassa essa membrana meio clara de ovo ou olho com catarata que é a "avozidade". Clara Luz é uma amiga perfeita, e quando estamos sozinhas, ela me deixa chamá-la assim, diretamente – Clara Luz. Às vezes ficamos vendo suas fotos, nas quais ela diz que está idêntica a mim. É possível. O problema é que não consigo chegar a um conceito real sobre mim mesma, um "autoconceito", como a Irmã Evangelina diz na aula de Valores e Filosofia para explicar como o homem (ou seja, eu também) tem problemas desde que a humanidade é humanidade. Resumindo, não sou a melhor juíza para apoiar Clara Luz em seu desejo de se parecer comigo, mas também não destruo totalmente sua ilusão. Agora que precisa do seu tubo de oxigênio, fica mais complicado conversar sobre as coisas de que gostamos. Isso também arruinou o negócio da coitada, porque desse jeito – com a "voz embargada", como ela diz (sempre acrescentando coisas novas no vocabulário, como se nessa idade já não tivesse experimentado todas as palavras) – já não consegue "trabalhar de rezadora nos velórios das pessoas". De modo que não se opôs a que eu começasse a usar, por cima das minhas camisetas de algodão, o xale preto das suas noites de rezas pelas almas do purgatório, contratadas pelo valor de oitenta pesos o terço.

Mas preciso voltar às coisas modernas. Revisar meu ensaio antes de colar os recortes de jornal e revistas para ilustrar a ideia principal. Deveria anotar uma coisa que eu acho supermoderna: os batons chineses. São perfeitos. No começo são transparentes, mas então, alguns minutos depois que você os passa, vão ficando de uma cor intensa de tangerina que nem mesmo um beijo conseguiria tirar. Olha só, eu nunca beijei nem fui beijada. Não tenho namorado, mas, enfim, isso ainda não me preocupa, prefiro acreditar no que Clara Luz me dizia antes de ficar doente, que o primeiro beijo tem que ser perfeito. "O perfeito é cercado de significado", ela dizia. E dizia isso de um jeito profundo o suficiente para me fazer esperar aquilo que deve chegar a mim "cheio de significado".

Sim, vou usar os batons chineses. Antes as mulheres não tinham oportunidade de usar esses artefatos da indústria internacional. *Oh, oh, fire me higher, don't you miss this time!*

Também deveria escrever sobre o spray Aquanet, esse faz maravilhas. Não é sobre conseguir um topete estilo Elvis

Presley, Deus me livre, ninguém quer um topete volumoso dos anos sessenta. O que o Aquanet te dá é uma coisa soberba, uma presença superior, punk também, mas acima de tudo espiritual. Vou usar as palavras do meu Pai: "uma garra". Ele fala com má intenção, para se referir aos militares, mas a ideia me serve. O Aquanet consegue que o seu topete fique afiado como uma garra de corvo ou galo gótico. Nem o vento mais ousado consegue abaixá-lo. A única coisa ruim do Aquanet azul, que é o mais forte e mais caro, é que você precisa lavar o cabelo todos os dias, porque senão a caspa te come inteira e não seria estranho te confundirem com uma estátua de sal, congelada no passado como Ulisses em seu mar lascivo. O Aquanet azul pode mudar a sua vida. Claro que se eu anotar essa invenção na minha lista de coisas modernas, a freira vai achar que é a coisa mais inútil. Debaixo do seu véu, tenho certeza de que podem existir artimanhas indescritíveis.

Enfim, existem muitíssimas coisas modernas em Therox City, mas é como se elas não existissem. E eu deveria escrever isso, já que a freira exige que utilizemos o "pensamento crítico". Quase sempre se refere ao descontentamento, à insatisfação que deveríamos sentir a respeito das "coisas do mundo" (minha nossa, passo o tempo todo colocando aspas, é como se eu não tivesse uma linguagem própria, não como Clara Luz, que se apodera de todas as palavras), o ponto é não estar de acordo com coisas supostamente agradáveis. Eu não tenho muito problema com o bendito *pensamento crítico* porque, para falar a verdade, a maioria das coisas me incomodam. Já que estamos nesse assunto, me incomoda esse assunto de adolescência. Algumas vezes disse à minha Mãe que não me considero "uma garota". Ela se assustou, mas deixa eu me explicar: não sou esse tipo de menina que olha outras meninas como se tivesse uma fita métrica automática para calcular o quão desenvolvidas elas estão; minha confusão não é uma confusão, é uma "defasagem". Sim, outra vez as aspas, mas dessa vez para usar as palavras do neurologista que atende Nacho. Ele diz que Nacho sempre vai viver em uma "defasagem oligofrênica", seu desenvolvimento mental não acompanhará seu corpo, ainda que agora eles estejam empatados. É só imaginar um clipe de *break dance*. Oligofrênico, psicodélico, *it's the same*. Exatamente, eu tenho esse corpo de mulherzinha, mas ainda me falta um tanto para ser, por exemplo, como Livy Soler. Admito, não é justo me comparar com Livy Soler. Ela tem quase dezoito anos e ainda está no terceiro ano do *Intermedio*,[8] porque repetiu duas vezes, mas isso não mancha sua superfama de diva total; tem o corpo bastante desenvolvido, com quadris, peitos e um cabelo brilhante com ondas que facilmente se transformam num penteado afro. Pois bem, comparada a ela, eu jamais poderia chamar a mim mesma de "garota".

E para a conclusão com o "toque pessoal" que a Irmã Nuri quer, talvez eu fale um pouco de mim, talvez deixe a objetividade de lado. Em algum lugar há um mundo inteiro, planetas que não estão dentro do meu cérebro e que não dependem do "sugestionamento", galáxias que explodem a mil anos-luz de mim, do meu quarto, onde não tenho direito de pendurar

---

[8] Ciclo escolar de três anos, anterior à Educação Secundária e posterior ao ciclo de Educação Básica (que dura cinco anos); corresponde, por aproximação, ao Ensino Fundamental II no Brasil.

nem um pôster porque meu Pai odeia o "fetichismo materialista". Sim, as coisas modernas de verdade estão em outro lugar e acontecem e brilham e fazem as pessoas felizes, mas em Monte da Víbora não as conhecemos. E fingimos conhecê-las. Deveria escrever isso e fazer picadinho da minha letra Palmer e assinar com fúria e amassar minha redação na cara da Irmã Nuri, que não tem a menor ideia do que está dentro e fora da alma. E nisso, sim, meu Pai tem razão, é uma simples progressista. "Progressista estrangeirizante e provinciana", para ser recíproca.

6.

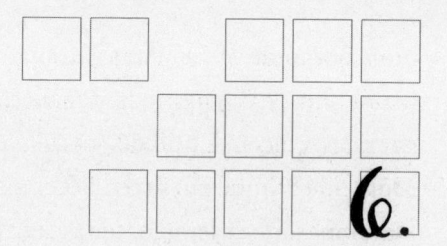

O caso da minha Mãe é diferente. Decidiu, por conselho da tia Lu, ir para a "terapia", mesmo depois de meu Pai ter declarado que ela não ia ver um só centavo para pagar por "esse tipo de luxo pequeno-burguês". Porém, a famosa terapia só serviu para que minha Mãe dormisse demais da conta de manhã e chorasse muito de noite. Inés tinha me avisado: "Essas terapias onde você vai e conversa com um sujeito com cara de LSD não servem pra nada. A única coisa boa são os remédios". Durante algum tempo, Inés teve consultas com o psicólogo da escola porque, conforme a Irmã Evangelina disse aos seus pais, ela era totalmente "disfuncional", uma espécie de vítima da imaginação, uma versão interiorana de Joana A Louca ou de Laurita Vicuña[9] em transe. Nós, é claro, já tínhamos ouvido essa palavra numa entrevista com Os Sobreviventes da Ian Curtis Trip, um grupo peruano horroroso que afirmava ter contato espiritual com Ian Curtis. "Somos disfuncionais, e daí?, o problema é o sistema", dizia o líder da banda desafiando a câmera; sua respiração embaçava a lente. Usava uma

---

9 Laurita Vicuña foi uma menina chilena beatificada pela igreja católica. Laurita morreu aos 12 anos e estudou no colégio María Auxiliadora, em Junín de los Andes, Argentina.

camiseta onde se lia "Manchester", mas seus olhos estavam vazios. Pior, eram olhos contentes e fáceis. Inés é espertíssima para detectar esse tipo de coisa, a autenticidade da dor. Tem gente que diz que quer ir embora, mas está bem presa aqui. As Madonnas, por exemplo, todas têm peitos e namorados. Inés, não. Inés é como eu, não tem peitos e não quer ter. Quer sair fora, zarpar, ir embora. A Irmã Evangelina disse aos pais de Inés que eles precisavam fazer alguma coisa com ela. Ou por acaso não estavam vendo que já dava para contar suas costelas? Os pais reagiram e usaram a infalível técnica pingue-pongue; disseram às freiras que a culpa era dos jejuns antipedagógicos e das madrugadas antipedagógicas para acompanhar a Virgem Auxiliadora em sua procissão matinal por esse vilarejo infestado de droga. Desse jeito, qualquer uma fica anêmica, disseram. Então contrataram sessões intermináveis com um psicólogo de cara lisérgica, porque as freiras sempre têm um "Ás capitalista debaixo da manga apostólica romana" (Pai dixit). Se você pedir um coveiro, elas também te indicam um. "E pra encanador, Deus" (Clara Luz dixit). Mas, além de ficar fazendo desenho livre, nada mais aconteceu com Inés.

Vamos voltar à mamãe:
Minha Mãe disse que a única maneira de superar o que aconteceu com Nacho (como se meu irmãozinho – com seus olhos de pérolas negras, a baba de espuma – fosse algo que precisasse ser superado) era através da Transcendência. No começo o conceito me deu nojo, depois estudei e o compreendi melhor nos Ensinamentos de Ganímedes, mas antes perguntei sobre isso na aula da Irmã Nuri e ela me olhou torto.

"Acredito que na sua casa todos sejam fiéis ao nosso Senhor e não andem frequentando seitas", disse, alçando com devoção seu dedo indicador direito, que é o mais torto. Não quis dar muita corda a uma ameaça tão estúpida, especialmente porque meu Pai usa a palavra "fidelidade" para falar de si mesmo, de sua inesgotável tristeza trotskista e de como deixou sua alma no lugar errado na floresta errada e mesmo assim não "verga". Resumindo, a *fidelidade* seria para a estirpe Bravo-Genovés algo assim como se olhar constantemente no espelho e não ficar totalmente satisfeito com o que vê.

Na magnífica e insuperável revista *Duda: lo increíble es la verdad* explicam todas essas questões, o significado de reencarnação, o carma, as dívidas astrais e toda essa infinidade de correntes mortíferas que uma pessoa arrasta por todas as vidas, mas a questão da Transcendência me confundia, não conseguia evitar associar a palavra com o cheiro das minhas axilas. "Esfrega esse sovaco com limão, você tá transcendendo!", me dizia Clara Luz pornograficamente, sem anestesia nem xilocaína local. Seu olfato funcionava bem e podia captar os "odores alheios" só de franzir o nariz como A Feiticeira quando quer colocar a casa em ordem.

E como no meu caderno de capa dura posso escrever o que me der vontade, escrevo: cheiro de axilas. Isso é *transcender*, invadir os narizes alheios, sofrer. Abrir a boca e deixar que o mau hálito afugente a própria filha, que é como meu Pai faz para esquerdisticamente me destituir de suas moedas anti-imperialistas. De manhã, se quero cinquenta centavos para o recreio, preciso segurar a respiração, descer aos infernos do meu Pai e tocar seu ombro com o mindinho, como se estivesse despertando o King Kong. Às vezes volto à superfície só com vinte centavos.

Transcender...

Às vezes tem gente que transcende um cheiro de sangue, ainda que mais ninguém perceba. É um cheiro de ferro velho que passou muito tempo sob o sol e a chuva. E é mentira que a menstruação é o grande transtorno das mulheres. Eu adoro o cheiro de sangue, me alegra, não sei por quê. Inclusive, quando Lorena Vacaflor menstrua, sinto um aroma superior. A gorda sempre fica manchada, porque não existem absorventes para ela. Esses superabsorventes não chegam a Therox, talvez se encontre em Nova York ou Miami, onde as opções são muitíssimo mais democráticas, mas aqui não. Quase sugeri a Vacaflor que usasse fraldas descartáveis de bebê nesses dias sangrentos, mas não somos amigas e ela poderia levar a mal um conselho que é totalmente objetivo e desinteressado. Geralmente, ninguém tem vontade de conversar com a Vacaflor, nem mesmo suas próprias Madonnas Friends, e não porque ela é gorda, mas por causa dessa espécie de subordinação maldita que a faz baixar a cabeça diante do menor insulto, marcando como com um delineador as dobras do seu pescoço. Eu chamo isso de ser uma gorda niilista. As Madonnas só a aceitam em seu clube para se safar dos trabalhos na horta quando são castigadas ou quando devem fazer uma oferenda manual para a Virgem Auxiliadora.

Mas vamos voltar aos sovacos, por favor: o suor ácido das axilas faz eu me sentir uma cachorra da pior raça. Eu disse voltar aos sovacos? Ah, por favor, por favor, quero me concentrar na minha Mãe. É sempre assim, falo ou escrevo sobre minha

Mãe e logo fujo, acabo em outra coisa, como aquelas flores silvestres que comem a seiva das plantas mais disciplinadas ou aquelas árvores descomunais com raízes que disparam por todos os lados como um penteado afro, fazendo os azulejos dos quintais e das calçadas explodirem. Eu devo ser isso, uma raiz selvagem. Uma raiz indomável.

Agora mesmo me proponho a escrever "mamãe" cinquenta vezes para me concentrar, mas na terceira já me canso. Fico olhando o *a* redondo, com esse rabinho charmoso, como a sainha de "Procura-se Susan Desesperadamente".[10]

Tudo era mais fácil antes. No primeiro grau, por exemplo, quando "minha mamãe me mima" era uma oração profunda, real. Ou então, no último ano do Intermedio, quando você está terminando o terceiro ano, farta de criancices e de que seus pais te esperem na esquina para que você não ande sozinha os três malditos quarteirões – quando você está a ponto de se tornar definitivamente grande. No terceiro ano é quando tudo começa a mudar. A gente nem imagina, claro, que as coisas podem ficar horríveis. No terceiro ano te dá uma vontade louca de pichar uma parede com spray fúcsia, "Tô chegando!", e que esse slogan faça as abelhas do mundo todo zumbirem. E no fundo a voz da sua mãe dizendo que isso é assim mesmo, e de nenhuma outra maneira. Hoje é tudo diferente. Não posso afirmar que eu e a mamãe sejamos amigas de verdade. Inés, por exemplo, diz que é mentira que as mães podem ser melhores amigas. Elas odeiam que você se divirta, odeiam que

---

10 Filme de 1985, cuja protagonista (Susan) é interpretada por Madonna.

você não se pareça tanto com elas. Às vezes, fico olhando minha Mãe sem que ela perceba, enquanto espera o papai com as luzes apagadas na cadeira de balanço do hall, depois de dar de mamar a Nacho, com os mamilos cansados, quase murchos. Não parece velha, mas não sei se quero ser como ela. Isso de ser um "exemplo", que as freiras tentam nos convencer de que é uma grande coisa, não é tão simples assim. As freiras dizem que as mães são um exemplo e que nós devemos nos tornar exemplos. Ridículo. Por que você não pode errar em silêncio e ponto final? Não quero que ninguém aprenda nada comigo, nem Nacho, que é meu irmão mais novo e tem o mesmo sangue que eu.

Sentada na cadeira de balanço, minha Mãe parece solitária. De vez em quando acende um cigarro e, em meio à fumaça, parece perfeita, apesar dos mamilos em frangalhos. Quando eu finalmente for embora, quero me lembrar dela assim. Linda, quieta, fantasmagórica.

Também olho para os seus pés, sempre inchados, mas não é por causa de diabete, como a Irmã Evangelina (que é diabética e manca, e seu pé saudável é idêntico ao de um elefante), mas porque minha Mãe anda muito. Por que será que minha Mãe anda tanto? Sempre escolhe a loja mais longe para comprar qualquer coisa, seja uma agulha ou um quilo de batatas. Tem coisas que ela poderia deixar de fazer, mandar a jovenzinha da babá ou mesmo a mim. Mas minha Mãe prefere a rua e, caminhando sem parar, se mete até nas ruelas de terra, que já são poucas – incrível –, porque, com todo o dinheiro que corre no vilarejo, os ricos mandam asfaltar seus bairros para que suas resplandecentes caminhonetes Land Cruiser de cores metálicas e acabamentos neon não fiquem empoeiradas. Não se via isso antes, Clara Luz sempre diz. Eu deveria ter ficado em Santa Rosa, mas o seu avô achava que Therox um dia ia ser idêntica a Paris, que a Reforma Agrária de 52 era uma bênção.

A Transcendência da minha Mãe...

É que sua mãe é uma boêmia, disse meu Pai num dia de bom humor, por isso a amei.

Disse "a amei", porque meu Pai sempre fala no passado, como se tudo já tivesse virado merda. Sua rouquidão crônica faz com que todas as palavras sejam mais pesadas, que ecoem no estômago, que soem como maldições.

Outro dia, voltou a dizer a mesma coisa, mas com um ranço agressivo que nublava a sua vista, passando a mão pelos cabelos vermelhos de minha Mãe. Sua mãe é uma verdadeira boêmia. Ele estava bêbado, mas a raiva era anterior à cerveja.

Tem um montão de coisas que, mesmo morando com minha Mãe, eu não sei. E não estou falando da sua vida antes de mim, quando ela era criança, mas da sua vida ao meu lado. Não sei se ela pensa o mesmo da minha vida. Não sei se aceita isso, que cada pessoa tem "uma vida". Ela nunca diz "sua vida", diz "seu futuro". E *seu futuro* é uma forma de me mandar ir dormir, de pedir que não perturbe, não pergunte, que naquele momento não a incomode, que não cresça. Ou que eu cresça sem dar problemas.

Um dia, Inés e eu vamos embora deste vilarejo.

E não sei se até lá será *too late* para a mamãe.

7.

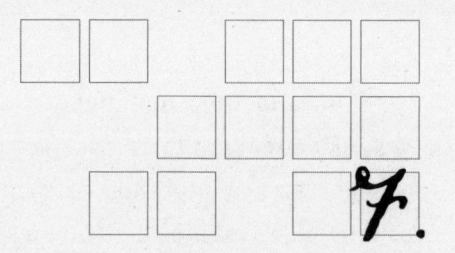

Inés diz para eu não me preocupar, que fazem isso por inveja. Ela diz isso porque gosta de mim, e o amor, como Clarita diz, é torto. Não tenho nada que alguém possa invejar. E se é por vingança, eu também não me meto com ninguém. Deixo elas para lá com seus Reeboks coloridos e o fã-clube dos Menudos. Tem que ser idiota para estar apaixonada por um desses tipos. Claro que eu jamais vou contar que gosto mesmo é do Mercury. Meu Freddy. Meu amadíssimo Freddy Mercury. Seus superdentes mordendo e devorando a vida. Eu deveria ser sua filha ou sua namorada. Nenhuma dessas opções é possível.

Minha vida é a impossibilidade. O cocô de Deus. Excremento sideral. Vamos supor que a revista *Duda* esteja certa e passemos por um monte de vidas antes de sermos pessoas mais ou menos aceitáveis. Vamos supor que seja assim. Então, eu poderia dizer que errei completamente o momento e a estrada. Avanço entre escombros, lixo que outras pessoas jogaram, detritos do meu Pai, cascas da minha Mãe. Deus fez o tempo, disse a Irmã Evangelina, pra lapidar o carvão que é o ser humano e cumprir a promessa de sua imagem e semelhança. Eu sou isso, puro carvão.

(Isso de imagem e semelhança é uma mentira.)

(Outra mentira monumental da Irmã Evangelina é que "a verdade tem um brilho diamantino que cega". A freira se acha poeta e fica saturando nossa mente com adjetivos paroxísticos, adjetivos infernais, como se morar neste vilarejo paroxismal não fosse o suficiente. Tivemos que anotar uma das suas últimas agressões poéticas na lista do E, e ainda escrever três exemplos infames: Enfatuar. *A moda enfatua os jovens. A droga é uma enfatuação dos valores. O egoísmo enfatuava os fracos de espírito.* Vou ter muito tempo para limpar a bunda com essa palavra.)

O fato é que o papelzinho apareceu no bolso da minha mochila. Descobri quando guardavas as réguas e o compasso no estojo, quando acabou a aula de desenho. Com uma caneta vermelha tinham escrito: *Sua mãe é uma puta.*

Cada um sabe bem de quem é filha, e não estou me referindo ao sobrenome, mas a algo inexplicável. Você coloca a mão no fogo pela sua mãe?, uma das Madonnas sussurrou no meu ouvido, sem que o gauchinho percebesse. Obviamente, o gauchinho percebe poucas coisas – ele vem, nos ensina alguns truques, como dobrar o punho para que o traço não saia tão rústico, uma banalidade completa, ou como romper a simetria sem prejudicar o conceito. Ele fala de música e de viagens e da quantidade de magenta necessária para complementar até a mais básica das escalas cromáticas, e as Madonnas podem levantar o avental para mostrar suas pernas até cansar que ele está em outra *vibe*. Dizem que ele é viado, mas eu não sei. As Madonnas estão sempre à disposição para oferecer suposições cheias de veneno.

Coloca ou não coloca?, disse. Sua língua gorda roçou minha orelha.

É claro que eu podia colocar minha mão no fogo baixo pela minha Mãe, como naquelas fogueiras onde queimavam as bruxas de mil seiscentos e tanto – elas assavam como frangos no espeto. Porque – e esse é o ponto –, porque não me importava se o que estava escrito no bilhete era verdade. Eu a conhecia bem. E o que elas sabiam? Tinham visto minha Mãe com seu vestido azul-celeste, seu preferido, que deixava ainda mais brilhante o tom púrpura dos seus cabelos, caminhando por alguma rua de Therox com aquele ar de Llorona[11] bonita? E isso as fazia supor que minha Mãe era uma puta? Talvez só tivessem inveja de seus cabelos e da forma como ela ignorava a moda com naturalidade. Seu vestido azul-celeste era tudo. Eu já tinha chegado a me envergonhar disso, do desinteresse da minha Mãe por perfumes e saias e blusas e maquiagens fosforescentes que tinham chegado no vilarejo de uma hora para a outra, numa avalanche. Logo depois, não sei como exatamente, fui percebendo que essa indiferença a deixava a salvo das fofocas (e eu tinha acreditado nisso até esse momento). Nem minha Mãe nem eu imaginávamos que a crueldade das Madonnas tivesse a mesma raiz que outros mexericos: a estupidez. Não digo por esses bilhetinhos, que são de chorar de rir, mas por alguma coisa mais profunda que não sou capaz de descrever. Elas não entendem o Freddy Mercury, elas

---

[11] La Llorona (chorona, em português) é uma personagem mítica em diversos países latino-americanos. É uma mãe que chora a perda dos filhos, que ela mesma matou em um acesso de raiva por ter sido traída pelo pai das crianças. Seu fantasma então assombra as famílias e acredita-se que ela rouba crianças para substituir as suas.

não pensam nunca no que haverá depois do ano dois mil, que não é algo que ainda será criado, mas que já está feito, esperando para acontecer. Além disso, elas não têm inteligência para caluniar. Minha Mãe escondendo um macho? Por favor. A bolha sentimental de mamãe era incorruptível e não ia ser um grupinho de loiras translúcidas que arranhariam a sua membrana. Pensando ao contrário, como às vezes gosto de pensar para utilizar as estratégias do "pensamento crítico", as Madonnas agiam em relação à minha Mãe como as mais babosas das *groupies*. O ódio delas era amor.

Mas a mais gorda tinha sussurrado no meu ouvido com seu hálito de chocolate: E seu pai, um cornão.

Apesar da bolha de gelo em que minha Mãe tinha se fechado para não sofrer por causa da condição de Nacho, seria incapaz de nos trair, de trair meu Pai. Mas se eu tinha certeza de como ela era, *"ela"*, não sabia por que as lágrimas me escorriam pelas bochechas como se não fossem de sal e água, e sim daquele mesmo líquido que tinha aninhado Nacho dentro da mamãe, fazendo-o flutuar como um peixe nu. Suaves, macias, as lágrimas iam empapando meu avental, e o pior é que com ele assim, transparente, dava para ver que eu não estava de sutiã. Eu não precisava. Meus peitos são tão diminutos que Inés morre de inveja, com aquele seu desejo de se desmaterializar. Faz tempo que eu parei de invejar as Madonnas. Todas as suas protuberâncias me dão muito nojo. Estão escondidas debaixo de seus aventais e posso jurar que não têm nenhum plano de fuga. E é até melhor que assim seja, que apodreçam em Cu do Mundo *for ever and ever*.

Sequei as lágrimas com a mão. Respirei fundo por cinco

segundos. As Madonnas riram porque manchei o rosto de carvão preto. O gauchinho tinha nos feito esfumar contornos com as pontas dos dedos para trabalhar as dimensões com sombra. Pensei que carvão e cornão eram duas palavras muito parecidas. Senti ódio dos caprichos de Deus. Senti ódio da Irmã Evangelina por ser mentirosa, por metamorfosear nossa personalidade com sua linguagem "fátua".

O que importava era a minha Mãe.

Me lancei sobre Lorena Vacaflor, a Madonna gorda com hálito de chocolate, e passei cada uma das minhas unhas compridas pelo seu rosto. Estava tomada pela fúria de Tom, o gato. Muitas vezes me sinto assim, como Tom, perseguindo ratos impossíveis. Alguma parte do corpo da gorda se impulsionou contra mim, contra a minha ira, com a força de uma raiz quadrada.

Ficou tudo preto. Talvez meu desmaio tenha durado três segundos, ou um dia inteiro. Não sei dizer. Acordei com a cara da Irmã Evangelina em cima da minha. Um alvoroço nervoso ao fundo e algumas risadinhas. Lorena Vacaflor chorava em silêncio com o rosto ensanguentado e restos de rímel nas bochechas. Suas lagriminhas pop não comoviam ninguém.

Vacaflor tinha metido um soco no meu nariz. Eu também sangrava como uma porca, ainda que, segundo a Irmã Rosa (dona e senhora da enfermaria), não tinha nada quebrado. O dano na cara da gorducha Vacaflor era menor, mas nós duas sabíamos que as dez linhas que eu tinha rasgado nela estavam seladas por um sentimento diferente do seu, um sentimento inalcançável. Não era uma raiva barata, até agora eu não sei o que foi, mas posso apostar minhas fitas cassete do Queen que, depois do caso Vacaflor, nenhuma Madonna vai se atrever a colocar bilhetinhos na minha mochila.

Implorei que não chamassem meus pais. Vacaflor também suplicou por silêncio sob promessas de que nos comportaríamos como as senhoritas que éramos, honrando a bondade de Maria Auxiliadora, tomando o exemplo sagrado de Laurita Vicuña e ficando encarregadas da manutenção da horta durante um mês. Se as freiras nos absolveram não foi pelo repentino ato de remorso que nos transformou em duas franguinhas assustadas, mas porque a mãe de Lorena Vacaflor é famosa por seus excessos, por sua ira doméstica, e as Irmãs pouco conseguem fazer para questioná-la ou para proteger a gorda. No entanto, pelo menos com a minha Mãe queriam marcar uma reunião, na qual não tocariam no assunto especificamente, mas destacariam sua responsabilidade feminina com respeito ao meu *futuro*, ou por acaso eu não era uma menina brilhante? ("Assustadoramente brilhante", diz a tia Lu.) Se eu me transformasse em uma "menina precoce" ou em uma "garota problema", ela teria de prestar contas a Deus.

Nos obrigaram a dar as mãos. A de Vacaflor estava úmida, a minha tremia. Olhei-a fixamente, tentando imitar o olhar nublado da menina de "O Exorcista", para deixar claro que, se minha mão tremia, era de eletricidade, e não de medo. Eu sempre acreditei, quis acreditar, que entre as minhas células não existe o famoso plasma que cicatriza as feridas, e sim eletricidade pura e limpa, e agora eu estava comprovando isso.

Quando passei ao lado da Irmã Evangelina, seguindo a fila de meninas que iam de ônibus até o vilarejo, vi em seu olhar uma eletricidade parecida, porém mais disciplinada. Passar o tempo todo fazendo da disciplina o pão de cada dia não deve sair barato. Talvez ela tenha decidido não aumentar ainda mais a confusão por pura pena. Talvez tivesse certeza, como eu, de que mamãe não era puta. Um vestido azul-celeste e um cabelo vermelho com uma dose de fogo não fazem de você uma puta. Além disso, tinha Nacho. Ele nunca saberia como defender nossa Mãe. Isso era comigo.

Vi a gorda da Vacaflor caminhando por uma encosta da estrada com seu avental curtido. Nenhuma das suas Madonnas Friends virou o pescoço para dar tchau. Talvez fosse um código de segurança, especialmente fora da escola. Meu Pai diz que todas as células, sejam elas político-revolucionárias ou religioso-conservadoras, doutrinam seus seguidores com ideias supercomplexas que funcionam como códigos de segurança, ainda que eu tenha sérias dúvidas de que as Madonnas saibam utilizar uma linguagem secreta sem dar com a língua nos dentes. De qualquer forma, quem me preocupava era minha Mãe e, de algum modo, meu Pai também. Pela primeira vez senti uma espécie de pena dele. E pela primeira vez pensei que aquela lenda que Clara Luz tinha inculcado na mente de seu filho, meu Pai, como um chip igual ao que o Exterminador tem nos olhos para detectar suas vítimas, tinha estragado a sua vida. Por isso estava sempre submerso naquele magma palpável de dor. A história de que o carocinho que ele tem na nuca é a alma do irmão gêmeo que nasceu morto, estrangulado pelo cordão umbilical, podia ser um erro. Mas papai tinha acreditado piamente nela com sua fé esquerdista e, agora, a tristeza contaminava a todos nós como uma peste. Todos, sem exceção.

Quando cheguei em casa, a primeira coisa que fiz foi ligar para Inés. Fazia uma semana que ela faltava às aulas por licença médica, mas, para mim, já pareciam três séculos. Essa ausência, por acaso, não é uma amostra de traição? Eu vejo dessa forma.

Talvez aqui eu deveria copiar a nota final da menina Frank: "P.S.: Não se esqueça, leitor, que quando este relato foi escrito, a ira da autora ainda não havia se dissipado".

8.

Na primeira vez que vi o Mestre Hernán, eu não sabia que ele era ele – apesar de ter feito um verdadeiro trabalho investigativo, pagando a babá com dinheiro roubado da caixa de sapatos do meu Pai para que seguisse a mamãe de moto numa quinta-feira à noite, quando ela tinha sessão. Fiquei sabendo, então, que o Mestre Hernán, o mesmo que escrevia aqueles fascinantes Ensinamentos de Ganímedes, morava numa casa rodeada de laranjeiras e paineiras de flores impressionantes, e que na porta de seu templo havia uma estrela de Davi pendurada, feita de madeira rústica. A babá só disse que daquela casa saíam uivos. Pensei em corrigi-la, dizer que eram vocalizações, mantras, formas de eletricidade, mas fiquei com pena de complicar sua existência com meu extravagante vício de linguagem e minhas metáforas punk. Uivos, ela disse, sua mãe uiva com outras pessoas naquela casa da rotatória. O Mestre Hernán ela não conseguiu ver de frente, mas minha mãe, sim. Ela fechava os olhos e uivava junto a outras mulheres. Coitado do Nachito, pobre neném, arrematou a babá. E, com isso, concordei.

Naquele dia, a Madonna Vacaflor e eu tínhamos saído atrás de terra preta para adubar a horta. Tinham nos dado trinta minutos de prazo para voltar com a carriola vomitando terra. Depois, se sobrasse tempo, deveríamos passar um pano no chão da enfermaria e desinfetar as maçanetas, janelas e gavetas. Uma onda de febre do Mayaro[12] tinha chegado direto do Brasil e a Irmã Rosa tinha certeza de que a doença era contagiosa por todas as vias, não apenas pela picada do mosquito. "Não queiram dar uma de espertas, meninas, porque o olho de Deus é poderoso. Trabalhem com concentração, hein, punhado a punhado", disse a Irmã Rosa com as mãos na cintura. A Madonna a imitava bem e por isso comecei a simpatizar um pouco com ela.

Nos terrenos vizinhos à escola era difícil encontrar terra preta que não estivesse ocupada por cultivos de coca.

Estão coquificando Therox, disse a Madonna. E é verdade. Meu Pai disse que é assim que começa a Nova Conquista. Primeiro, os espanhóis, agora a folha de coca. Onde antes havia árvores de laranja, manga ou goiaba, agora reverdecia a folhinha que tinha revolucionado o país. Mas, para a Madonna, isso era ótimo. Sem isso, apodreceríamos, disse a gorda.

Tínhamos acabado de encontrar terra úmida, pretíssima, perto da casa do laranjal. No começo, não associei o lugar com as aulas espirituais do Mestre Místico ou com as fotocópias dos Ensinamentos de Ganímedes que minha Mãe escondia debaixo do seu lado da cama e que eu tinha começado a ler como uma possuída desde que Clara Luz cancelou a assinatura da revista *Duda*, porque precisava de todo o dinheiro possível para seus tanques de oxigênio. Leitura veloz na hora

---

[12] Doença similar à chikungunya.

da sesta. Aqueles Ensinamentos tinham me feito pensar que, além da materialidade, todos nós éramos energia, e o que fazíamos com essa energia não dependia de uma moral, mas de um senso de evolução. Éramos como a albumina, a albumina do ovo que é pura placenta, puro destino, puro movimento rumo a outra coisa. Um ovo, em si, não tem sentido. O ovo é o melhor exemplo de energia. Thor também é energia? Essa era, claro, uma pergunta que a Irmã Evangelina qualificaria como "retórica" e puniria *ipso facto* com dois pontos negativos, porque diz que jamais veremos nela uma "cara de fariseia que vocês consigam distrair com sofismas". Thor, claro que Thor é energia. Estou hiper segura de que o filhote que minha Mãe trouxe para casa a conselho do neurologista (para estimular Nacho) é, e não pode deixar de ser, a mais pura energia. Sem o denso fracasso do meu Pai, sem a patética tristeza da minha Mãe, sem a minha dor. Ele, sim, a babá poderia dizer que uiva, que uiva para respirar.

A Madonna pegava a terra com as próprias mãos e a jogava veloz, "punhado a punhado", na carriola. Eu usava um balde pequeno e com a base do recipiente amassava os montinhos que iam se formando. A ideia era fazer as coisas bem para não ter que fazê-las duas vezes, uma questão de disciplina. Mas aceitei que a Madonna fosse mais veloz e eu mais eficaz, esse tipo de fórmula que a Supermuleta sempre inventa na hora do aconselhamento.

Um jipe de vidros escuros passou pela estrada de terra que rodeava as zonas verdes. Diminuiu a marcha quando nos viu. A Madonna disse para não levantarmos a cabeça. Assoviaram, mas nós continuamos agachadas, pegando terra e adubo. Risos desaforados, bêbados, brotaram das janelas. Tive vontade de levantar a cabeça e cuspir neles. É fácil ser homem. É facílimo. Você só precisa abrir a boca e rir. Saíram cantando os pneus, ou o que quer que seja que faz um veículo soltar faíscas. Então, tremularam um pano branco ensanguentado e senti um misto de raiva e tristeza, uma coisa que me vem e que Clara Luz chama de aperto no peito. Se o pressentimento é ruim, ela o chama de "aperto sombrio". Era um aperto sombrio.

Não dá bola pra eles, Vacaflor disse, embora estivesse apertando os olhos, como se quisesse memorizar a placa – o que não ia servir para nada. Em Therox, todos os cowboys são escória, pensei, não sei por quê, com uma raiva pistoleira, sentindo que gostaria de ser um xerife ou alguém com autoridade e poder, como aqueles caras dos quadrinhos "Magnum 45", que matam os malvados como quem pisa em uma barata.

Ainda tínhamos dez ou quinze minutos, estávamos quase terminando. O outono tinha chegado e os dias começavam a ficar mais curtos, afastando a luz para aquela parte do céu que está longe de ser o horizonte, mas que também não tem a claridade infantil, suave e cheia de esperança da tarde. Uma lenta nuvem de mosquitos descia das árvores. Não tínhamos passado repelente. Imaginei a gorda derretendo com a febre do Mayaro, tornando-se um rio moreno e fatal, no qual se afogariam, uma a uma, todas as suas Madonnas Friends. Sacudi a cabeça para espantar a invasão de mosquitos assassinos. Um me picou no calcanhar e xinguei. Esse é o pior lugar para ser picada por um mosquito.

Já temos que voltar, eu disse.

Não topa pegar algumas? A gorda salivava olhando as laranjas da árvore. Estavam maduras e sua casca porosa parecia tenra.

As freiras nunca nos deixavam ir além dos terrenos vizinhos, lotes que, na verdade, também pertenciam aos salesianos, mas onde elas permitiam que se instalassem famílias pobres, especialmente perto do rio; de modo que termos ido até a casa do laranjal era uma infração que elas poderiam nos fazer pagar com sangue. E, se ainda por cima arrumássemos problema roubando frutas, estaríamos perdidas. Tínhamos nos arriscado com prudência para pegar a terra.

Em um piscar de olhos e com uma agilidade impensada, Vacaflor trepou em um galho e começou a arrancar laranjas com a mão direita, atirando-as para mim com a esquerda.

Esconde no meio da terra, mandou.

As laranjas caíam com um ruído seco, eu não queria que se machucassem, que azedassem seu suco. Quando a Madonna ia jogar a última laranja, vimos um sujeito que nos observava do interior da casa. Olhava para nós com atenção, sem raiva, quase achando divertido.

A princípio, achamos que era deboche, só víamos o seu torso nu pela janela, olhando para nós.

As intrusas somos nós, esclareceu Vacaflor. É inteligente, mas esconde esse fato debaixo de toda aquela carne, debaixo do peito tomado quase por completo por suas glândulas mamárias. Deve ser exaustivo dissimular o tempo todo, fingir que você é uma Madonna total, fazer de conta que concorda com tudo, que gosta de Menudos, que sua felicidade pop Made in Therox não tem preço, que se deitaria com um falso roqueirinho ou um velho nojento e rico só para ganhar uma aposta.

O homem, então, apareceu na porta de trás da casa e nos cumprimentou mostrando as palmas das mãos. A Madonna desceu com a mesma agilidade de macaco com a qual tinha subido na árvore e nos aproximamos em câmera lenta, calculando as intenções do inimigo. Isso deve ter demorado uns sete segundos.

Peguei vocês com a mão na massa!

Lógico. As unhas cheias de terra eram uma evidência terrível.

A Madonna sorriu primeiro. Então foi minha vez de ceder. Era uma boa maneira de começar.

Esta parte do terreno também é sua?, perguntou Vacaflor, mais espertinha com os adultos. As Madonnas namoram, não todas, com homens adultos que as iniciam no negócio, o que explica os Reeboks e a grande quantidade de jaquetas Calvin Klein originais, gringas. (Por isso as freiras proibiram terminantemente o uso de roupas que não correspondam aos critérios de Laurita Vicuña. Há uma Laurita manequim no ateliê da Irmã Rosa e um monte de cartazes que explicam a funcionalidade das suas roupas. A anágua é rosa, pelo menos um detalhe pelo qual podemos agradecer.)

Nada aqui é meu, disse o homem que ainda não era Hernán, mas só um homem de quem, por alguma razão boba, eu gostava. Nunca disse ou escrevi isso, que eu gosto de um homem, pelo menos até agora, e tampouco tenho vontade de me aprofundar muito nisso.

Então de quem é?, insistiu a Madonna. Estávamos com

a carriola cheia de terra preta e o relógio, agora, totalmente contra nós. As freiras iam fazer picadinho da gente.

É alugado, ele disse. Isso aqui é um templo.

Um templo? Até parece, você aluga um templo? Não estou vendo nenhum crucifixo por aqui.

O homem sorriu. Não quis debater com a Madonna. No entanto, apontou para um espantalho maltrapilho que ainda não tínhamos visto e cuja cabeleira espetada surgia detrás de uma caminhonete Ford toda enferrujada.

Ele tem os braços em cruz. É uma questão de forma.

Você tem um pátio muito pródigo, disse Vacaflor olhando as árvores altas, e eu quis desmaiar. Nunca poderia ter imaginado uma palavra biblicamente inteligente em seu bocão. As árvores são antigas, o homem respondeu. Mas algumas plantas fui eu que cultivei. A sálvia, por exemplo, não nasce de semente, consegui uma muda e ela soube ser feraz.

Você quer dizer feroz, corrigiu a gorda.

Não, o homem sorriu. Feraz, de feracidade. É uma planta fértil que só precisa de água, sol e amor. A sombra é destrutiva.

A gorda nem se alterou. Pudor não era com ela.

Não querem entrar?

A Madonna e eu nos olhamos tentadas. Um aroma doce e quente saía da casa, e estávamos cansadíssimas. Mas as bochechas vermelhas, a baba seca nos cantos da boca, o pescoço cheio de veias e os olhos saltados da Irmã Evangelina nos dissuadiram telepaticamente. Dessa vez, sim, chamariam nossos pais, e o que havíamos anunciado como "trabalho voluntário pra comunidade" se revelaria como o que sempre tinha sido: "um castigo pra erradicar o rompante da discórdia". O horror!

Em outro momento a gente volta. Sempre passamos por aqui, sabe? Somos alunas da escola, fica ali. Você mora sozinho?

O homem sorriu outra vez. Os dentes brancos eram algo muito jovem em sua cara de adulto. Meu Pai tem bons dentes e diz que os herdei – dentes que excedem o molde das gengivas, que exigem, darwinianamente, a extração dos mais fracos para habitar a caverna da boca. Mas os caninos do papai são dois pregos amarelados pelo cigarro e pelo café. Por outro lado, os desse homem eram dentes nos quais eu queria colocar meus dedos, como se ele fosse um cachorrinho e eu sua dona.

Você não disse nada, Genoveva, disse o homem lendo meus pensamentos, mas tudo bem.

Senti que queimava. Como aquele homem que tinha surgido no vazio da tarde sabia meu nome, meus sentimentos? Clara Luz tinha me falado de gente que consegue te ler inteira, a alma, os pensamentos, a primeira emanação de suor, os mais íntimos "odores". Eu queria chorar de vergonha.

Vacaflor olhou para mim e piscou um olho. Merda! Certeza que pensou que eu era igual à minha mãe, que eu gostava de machos.

Corri com as mãos pretas de roubar terra. Deixei a Madonna para trás com a carriola e as laranjas camufladas, gritando "Gen, Gen!". Corri e corri, protegida pelas árvores, derretendo dentro da barriga o sanduíche de presunto e queijo "Made in Mãe" com a bile da vergonha, e só parei para vomitar a alguns passos do portão da escola, sob o olhar inutilmente compassivo da Auxiliadora.

9.

Claro. Óbvio, micróbio. Eu mesma tinha bordado meu nome no bolso superior do avental. Então foi isso que o Mestre leu. Disse "Genoveva" como se me conhecesse porque, na verdade, me conhecia. Me conhece bem. Os Ensinamentos de Ganímedes que minha Mãe trazia todas as quintas-feiras foram nosso primeiro contato, ainda que nenhum de nós dois soubéssemos. Foi isso.

Agora me sinto ridícula por ter fugido daquele jeito. O que ele deve ter pensado? Que sou imatura? Que me descontrolo se um homem qualquer diz meu nome com sua voz testosterônica? Odeio quando as pessoas supõem algo assim. Meu Pai me vê desse modo, como uma fruta boba. Queria ver o Mestre de novo. Fiquei assim por uma semana, inquieta. Minha Mãe não percebeu, anda distraída. Melhor. Já não está com os pés inchados e, às vezes, enquanto fuma olhando para o céu, olhando para Ganímedes – porque sempre consegue vê-lo com os novos olhos que recebeu da Transcendência, olhos que veem de longe a escuridão do universo –, expulsa anéis de fumaça pela boca. Anéis por onde se pode colocar o dedo ou até o braço inteiro. Anéis perfeitos que se desfazem no ar. Acho que, quando ninguém está vendo, mamãe escorre completamente por esses anéis e vai até outros lugares, outros países, outras vidas; vidas onde ela não tem dois filhos e um marido deprimido. Ou onde ela mesma seja outra pessoa, talvez alguém mais inteligente ou profundo que a menina Frank. Outras vezes, ela só olha para o céu enquanto as cinzas do cigarro vão caindo e caindo, em brasas, e se esfarelam no chão, e aí parece que minha Mãe vive em dois universos: um sobre sua cabeça, gigante, monstruoso e perfeito, e outro ao redor de seus pés, sujo, diminuto, doentio.

Queria vê-lo e não sabia que desculpa inventar para sair à tarde. Foi graças a Nacho que surgiu a solução. Minha Mãe disse que eu teria de cuidar dele, porque a babá ficaria velando o sono de Clara Luz, que está cada vez mais apagada, coitadinha, e que eu deveria me ocupar do Nacho. Meu trabalho na horta já tinha terminado, mas eu disse que tinha direito a uns legumes e que as freiras tinham pedido que eu os buscasse à tarde. Por que não te deram os legumes antes de você sair da escola?, minha Mãe perguntou, um pouco mais alerta. Pra não deixar ninguém com inveja, respondi, como se as Madonnas ou qualquer outra menina fosse sentir inveja de tomates, aipos e pimentões recém-nascidos. Mamãe aceitou a mentira e só me pediu que levasse Nacho comigo, que "a velha" mal podia respirar, sufocava o tempo todo e precisava de cuidados. Uma pontada de culpa revirou meu coração. Prometi dentro de mim que, dali em diante, eu me encarregaria pessoalmente de cuidar da minha avó com o mesmo amor e paciência com que ela tinha me ensinado a arte de espetar os corpinhos de arroz e areia dos bonecos de vodu com alfinetes, enquanto se amassa o desejo ou a maldade.

Acomodei Nacho no carrinho, meu pai nos deixou no portão da escola e esperei que o jipe desaparecesse no próprio pó. Com certeza meu Pai voltaria cedo. Cedo na manhã do dia seguinte. Ele diz que seus jogos de carteado são um alívio miserável. Ele fala assim, gosta dessa palavra, "miserável". Pelo menos podia falar em latim, como Clara Luz: "miserabilis", com acento no *a*, alargando um pouco a parte de "bilis" porque "a pobreza nasce do fígado" (Clara Luz dixit). Meu Pai jamais diria algo tão poderoso; nunca diria "patético", "pus", "punhalada" ou "precoce", suas palavras são todas esquerdistas. Minha Mãe diz que meu Pai passa a vida na taberna do catalão, o homem gordo sem dedos que esteve na Primeira Guerra Mundial, ou no Vietnã, ou na queda do Império Romano, enfim, numa guerra ainda mais feia que a do Chaco, que é a guerra onde meu Pai queria ter estado, escutando durante horas as fábulas bélicas do taberneiro "porque são verdadeiros testemunhos". (Essa coisa dos "testemunhos" mexe com a cabeça do meu Pai. Depois de me obrigar a ler o diário de Anne Frank, se por acaso alguém ainda tinha alguma dúvida dos seus métodos de tortura trotskista comunista, meteu em sua cabeça que eu também precisava conhecer as cartas de Cristóvão Colombo. Por sorte, não conseguiu nenhuma cópia xerocada dessas supostas cartas, como se para mim a vida dos outros valesse três tostões furados. Sim, acabo de escrever "tostão".)

O taberneiro foi quem ensinou Clara Luz a fazer *marraquetas*[13] catalãs quando as pessoas pararam de morrer tanto.

---

13 Receita de pão.

Esse é um fenômeno inexplicável. Clara Luz diz que quando era mais jovem, ou menos velha, sempre havia um "mortinho", e que as pessoas apreciavam as orações em latim. Agora os gostos se degeneraram, ela diz, agora não importa se as almas passam a eternidade no purgatório porque as rezas perdem seu poder original Made in Latim, assim não há compromisso. Foi então que começou a combinar as rezas com a panificação. O vodu sempre foi um negócio clandestino de Clara Luz. Na verdade, todo mundo conhecia esse ofício, inclusive meu Pai, que teve de engolir sua vergonha russo-socialista porque "foi por causa disso que fez seus estudos em La Paz".

Na taberna, jogando baralho ou massageando o carocinho de gordura enquanto assiste, nervoso, a brigas de galo, o certo é que às quintas-feiras meu Pai sai de casa e tchau, tchau. Outro oxigênio cobre a face da Terra.

Quando meu Pai nos cuspiu do jipe no portão da escola, aos pés imaculados e frios da Auxiliadora, acelerou em quarta marcha e desapareceu em meio a uma nuvem de pó, como o Papa-Léguas faz quando persegue o coiote. Nacho e eu, por nossa vez, tomamos o caminho em direção à casa do laranjal. A Auxiliadora nos olhava muda com seu sorrisinho lisérgico, sem poder nos deter.

Como o Mestre Hernán era um cara solitário, com certeza eu o encontraria em seu templo alugado rezando ou escrevendo os Ensinamentos de Ganímedes. Minha Mãe diz que é ele quem os escreve, em um estado de "mediunidade".

Esse seria meu pretexto. Ia bater à sua porta com uma lista de dúvidas ideológicas, dúvidas religiosas, ia parar toda séria na entrada da casa trazendo um assunto importante.

Tinha separado um artigo da revista *Atalaya*, que minha avó colecionava quando recebia visitas das Testemunhas de Jeová e, em troca, lhes oferecia copos de *mocochinchi*[14] ou xícaras fumegantes de chá com canela. Foi Clara Luz quem me ensinou a Lei da Reciprocidade, e essa lei nunca falha. É muitíssimo mais satisfatória que a Lei da Humildade das freiras: "oferecer a outra face", "gastar a vida como uma borracha", "perdoar setenta vezes sete e a raiz quadrada". *Oh, oh, sister, I live and lie for you...*

A Lei da Reciprocidade é menos boba, mais parecida ao "olho por olho" do que ao "hoje por ti, amanhã por mim". Clara Luz diz que a reciprocidade consiste em dar algo em troca do que se recebe, mas esse algo não tem por que ser uma cópia tediosa.

A Lei da Reciprocidade é apenas uma resposta: você pode responder àquele que te amou com uma bofetada, ou com amor àquele que te traiu, ou com traição àquele que te alimentou, ou com alimento àquele que te xingou, ou com vodu a quem te deu a vida e bênçãos incondicionais. É a Reciprocidade que faz com que a vida avance para onde ela deve avançar, minha avó diz. Ao contrário de minha Mãe, quando ela fala assim, jamais utiliza a ultraconhecida palavra "futuro". Futuro é uma palavra chantagista e barata.

Enrolei Nacho no xale preto, ao estilo das cholas, e grudei a revista no meu peito como um escudo. Oi, fui praticando no caminho, suavizando minhas cordas vocais. Oi, oi, boa tarde, Mestre, ensaiava. Não consegui superar totalmente os voos

---

14 Bebida boliviana feita de pêssegos fervidos com açúcar e canela.

involuntários da minha voz rumo a tons mais agudos, que, de acordo com a Irmã Nuri, são os piores, os mais problemáticos para integrar um coro de samba. Talvez eu não devesse dizer nada. Esperar que o Mestre, com sua habilidade transcendental, lesse a minha mente.

Tinha enchido de perguntas as margens da folha onde estava a reportagem. No centro, uma imagem assustadora ocupava quase a página inteira. Dois anjos de cabelos longos, como os dos Bee Gees, empunhavam trombetas enormes das quais brotavam labaredas de fogo e serpentes em direção a um céu profundo, repleto de mãos anônimas desesperadas no lugar de astros ou luas. No quadro explicativo, debaixo de um título colorido, lia-se:

"Depois disso, vi outro anjo. Era forte e vinha descendo do céu. Sua roupa era uma nuvem, e sobre sua cabeça o arco-íris. O rosto era como o sol; as pernas pareciam colunas de fogo. Ele segurava um pergaminho escrito que estava aberto. Colocou o pé direito no mar e o esquerdo na terra, e soltou um grito tão forte quanto o rugido de um leão. Quando ele gritou, os sete trovões ribombaram". (Apocalipse 10:1-3)

Eu tinha escrito num canto: O que esse pergaminho dizia? Será que é assim o dia do Juízo Final? Minha avó diz que também virão muitos Jesus Cristos idênticos, obstinados como uma banda inglesa de rock psicodélico, com efeitos de câmera, eu imagino, e o desafio será reconhecer o Verdadeiro. Quem escolher o falso vai para o inferno diretamente, sem escala. Esse truque me parece tão cruel quanto o conto do "Rei nu".

Na reportagem principal daquele número da revista

Atalaya, intitulado "Começou a contagem regressiva rumo ao fatídico ano 2000", o subtítulo em letras só um pouco menores, roxas com bordas pretas, tipo góticas, dizia: "144.000 almas serão salvas. Seja parte desse número de bem-aventurados". A foto que ilustrava a matéria mostrava um trio de meninos vestidos normalmente, com jeans azul e tênis, que, ainda que não fossem Reebok, eram modernos, da moda. Duas meninas e um menino sorriam e uma aura cor-de-rosa emoldurava seus corpos. Uma imagem menor mostrava um mar turbulento no qual navegava um barco com velas de fogo. O texto descrevia uma mulher bonita e cruel, dominando uma besta com chifres e a ponto de beber de uma taça imunda. Dizia:

"**E a mulher estava vestida de púrpura e escarlate, e repleta de ouro, e adornada com pedras preciosas e pérolas, carregando um cálice de fogo na mão, cheio de abominações e da imundície de sua fornicação. E em seu rosto um nome escrito: mistério, Babilônia a grande, a mãe das fornicações e das abominações da terra**".

Eu tinha escrito na margem: Existiam tatuagens naquela época? Mas quem era essa mulher tão pouco pudica? Madalena? Tinha pensado em mostrar tudo isso ao Mestre Hernán. Diria que essas leituras tinham enchido minhas noites de pesadelos, que eu sabia que em Therox bastava um baseado para te fazer alucinar com isso e muito mais, mas que eu – juro pela vida da minha avó – jamais tinha usado nada, nem pelo nariz, nem pelas veias; que uma vez tinha tentado uma brisa por meio de Coca-Cola com Aspirina, mas só senti que estava mais acordada, nem mesmo mais feliz ou eufórica. Curiosidade, isso sim, não me faltava. E eu conhecia o nome de todas as drogas desse mundo, seus nomes sonoros e seus efeitos obscuros, mas tudo na teoria, porque a Irmã Evangelina havia detalhado tudo "quimicamente" durante a aula de Valores Morais. Diria a ele que estava assustada, que tinha ouvido minha Mãe dizer que ele tinha respostas para todas as preocupações da alma. Me ajuda, eu pediria.

Claro que eu não contaria o que a leitura da revista *Atalaya* tinha me provocado de verdade. Uma vergonha cortante fazia minhas costelas doerem. A única que também concorda que os sentimentos doem no corpo é Inés, que eu não vejo faz muito tempo porque a isolaram, a obrigam a tomar soros com vitaminas e a dormir logo depois de comer, coberta por muitos edredons como se estivesse com medo da visita metálica de Freddy Krueger. As freiras, por sua vez, dizem que os sentimentos doem na alma, e que é da alma que devemos cuidar, o corpo envelhecerá, morrerá, voltará ao pó, é o que dizem. Esse desprezo que elas sentem pelo corpo me deixa nervosa. Nunca entenderiam o que Clara Luz sabe sobre vodu. Sim, é a alma que se deve machucar, mas Clara Luz faz isso através do corpo. Ou nem isso, através dos bonequinhos recheados de arroz e areia. Aqueles inteirinhos brancos, sem nenhum sinal específico, são os piores. *Oh, oh, fear me, you Lord and lady preachers, I descend upon your earth from the skies, I command your very souls.*

Na primeira vez que li essa parte do Apocalipse, a descrição da mulher da Babilônia, muitas imagens me vieram à cabeça. Via claramente a mulher, com uma saia púrpura, vermelhíssima, e um xale transparente escarlate, que, segundo a teoria cromática do gauchinho, é um vermelho menos intenso, com uma dose extra de violeta. (O gauchinho usa a palavra "dose" um milhão de vezes por dia.) O xale deixava seus seios à mostra, tudo isso na minha imaginação, claro, e a mulher estava descalça e, no começo, tinha as unhas dos pés pintadas de um púrpura escuro como sangue seco. Mas logo me corrigi e despintei suas unhas porque nessa época incaica, por falta de um termo melhor, não existia cutex.[15] E sua besta-mascote também era vermelha, com plumas maravilhosas que faziam cócegas na rainha da Babilônia. E a besta-mascote lambia seus pés e os cobria de uma saliva morna parecida com mel. E lambia seus joelhos e suas partes íntimas. Fui deitar, naquela noite, com essas coisas na cabeça. Não sonhei com nada, nem bom nem ruim, mas acordei alguma hora da madrugada, a casa estava em silêncio; meu Pai não tinha chegado da taberna do catalão e minha Mãe dormia de barriga para baixo, com seu lindo cabelo (também vermelho, com uma *dose* de luz dourada) cobrindo o rosto. Nacho dormia todo aberto, como uma rã feliz. Eu estava com uma sede insuportável, e olha que nem fazia tanto calor. Fui até a cozinha, servi um copo de água, saí para o quintal e me acomodei na rede. Comecei a balançar devagarzinho, como quando tinha sete anos e Inés e eu brincávamos que a rede era uma nave espacial movida a propulsão, uma nave tão potente que podia pulverizar qualquer óvni ou aglomerado sideral com sua radiação. Me impulsionei com os

---

[15] Marca de esmaltes e produtos para as unhas.

pés e os levantei, como naquele tempo. Voltei a sentir as coceguinhas daqueles dias bonitos, umas coceguinhas no ventre, entre as pernas, nos joelhos e nas plantas dos pés. E o calor foi ficando cada vez mais gostoso, enquanto eu imaginava que a rainha da Babilônia era eu, eu mesma, com um capuz de tule transparente que deixava à mostra meus peitos pequenos, mas com mamilos cada vez mais pontiagudos graças às chupadas do Nacho. E assim, balançando cada vez mais alto, soube que a rainha da Babilônia era linda, que enlouquecia todos os reis com sua carne tenra e branca. Apertei as coxas e desejei ser muito mais branca, igual à minha Mãe. E pensei no Mestre Hernán, que era ele quem lambia meus pés e sorria como se não houvesse nada de mau nisso.

Como na canção de Mercury, dessa forma me transformava na todo-poderosa dona dos sete mares de Rhye.

É claro que eu não era louca de contar para ele toda essa fantasia. Nem para ele, nem para o padre polonês, nas quartas-feiras de confissão. Prefiro morrer a contar para alguém. De modo que, quando bati à porta e o Mestre Hernán saiu vestido com uma calça cor de café velho e uma camisa branca, fiquei uns três minutos em silêncio.

Ele, como previsto, leu minha mente, cada minúsculo recanto cerebral, cada tremor, cada ansiedade.

10.

Olho fascinada uma mosca. Uma mosca preta, tão comum quanto cocô. Não é uma mosca azul com faíscas esmeralda, tipo as que sobrevoam como os helicópteros da DEA o cocô mole do Nacho. Aquelas são moscas artísticas, com uma dose de índigo. Essa, ao contrário, é uma mosca simplesinha, puro sentimento.

Olho uma mosca. Uma mosca!

Onde?, pergunta o Mestre Hernán. No entanto, mal se move. Sentado em posição de Buda, ficou se balançando com as ondas vibratórias de "Om" durante um longo tempo. Sua voz ainda ressoa. Sua voz me faz coceguinhas nas orelhas, nos ombros, no couro cabeludo. Sou uma pele alerta.

Ali. Estico o braço para indicar a exata posição da minúscula criatura. Meu braço demora um século para se levantar, como a asa de um pássaro gigante. Atravessa o espaço da sala, se estende, penetra nas moléculas. Marzziano diz que tudo é matéria. Não existe vácuo. Tenho tanta vontade de rir. E de chorar. Tudo está habitado e ainda assim é tão puro.

Onde?

Aponto os resíduos dos "elementais da percepção" que o Mestre Hernán colocou num pratinho, em cima de um banco.

A mosca está ali, bela, com seus grandes olhos de ônix olhando para nós também.

Olá, digo com alegria, com um sentimento de amizade irresponsável que não sentia há muito tempo (porque Inés me faz sentir estupidamente em dívida). Olá, olá.

A mosca não responde.

Olá, estrela escura, digo.

Olá, estrela morta, insisto.

Olá, Patética, a mimo, tentando acariciar suas asinhas, mas minha mão não responde. Ficou estendida como uma lança greco-romana.

O bichinho dá pulinhos sobre o minúsculo cemitério de folhas de sálvia. Logo alça um voo curto até à parede, parando ao lado de um quadro de pinceladas verticais desinspiradas. Pinceladas azuis que o Mestre Hernán fez em algum momento para comprovar que as cerdas do pincel tinham se aberto e, dessa forma, florescidas, não registravam a vibração de sua mão. Queria expressar a passagem e a influência do cometa Halley para a civilização que estava a ponto de nascer.

Deixe essa criatura em paz, diz o Mestre Hernán, com os olhos fechados. Certeza que ele consegue me ver através das pálpebras.

Então eu também tento fechar os olhos, repassar o último Ensinamento, o do Plenilúnio de Touro, que diz que a pessoa deve estar preparada para receber uma teofania. É possível se preparar com jejum, mas também abrindo as portas da percepção. A sálvia, essa folhinha que o Mestre Hernán cultiva no quintal, é um elemental da natureza. Você pode mastigar, como faz com a coca, ou fumar e inalar sua fumaça pelo nariz, boca e todos os poros sedentos e cegos do seu corpo. Enquanto você fuma a sálvia metida num cilindro de papel vegetal que serve para decalcar desenhos, parecido às páginas anêmicas da Bíblia, os chacras burros da sua personalidade vão cedendo e, então, você está pronta para receber e entender uma teofania. Na escola, inculcaram em nós algo parecido, que Deus está em todas as partes, no menor e mais trêmulo, no óbvio e luminoso, mas vê-lo ou não vê-lo depende de sua maldita fé, e não existe outra bendita técnica. Se as freiras soubessem que com a ajuda da sálvia é possível sentir, ver, cheirar, tocar a doçura de Deus, rasgariam as próprias vestes entre gritos punk e outros sinais de interjeição.

O Mestre Hernán se levanta de repente. Por algum motivo, os números ordinais me parecem inúteis para contar o tempo, este tempo. Se conto treze, catorze, quinze, o momento se desfigura. Só sei que lá fora se acumulou um monte de escuridão, de nuvens turvas, e que talvez Nacho ou Clara Luz precisem de mim. O Mestre Hernán diz que, de algum modo, estou pronta para a Iniciação, mas que não será agora, e sim na próxima vez. Já devo começar a cortar os laços.

Me faz beber muita água. Me obriga a comer meio potinho de laranja em conserva.

Olhe fixamente pra mim, diz.

Olho para ele durante cinco segundos. Agora consigo contar.

Essas pupilas já não olham pros outros tão impávidas, ele diz. (Guardo a palavra, me travo mentalmente em um corpo a corpo muito proparoxítono: im-pá-vi-das.) Na próxima vez, nossa sessão será na medida do que planejamos.

Eu não sei muito bem o que planejamos, mas ele sempre fala no plural. E eu estou ali, estou nisso que deve ser o Plano de Deus, o traçado incandescente e invisível para os tontos, longe das trevas de Therox.

Não preciso implorar muito para que ele me dê um punhado de "florezinhas de sálvia". A senhorita é muito engraçada com essas palavras de velho, ele diz.

Já em minha cama, espalho as folhinhas de sálvia sobre o xale preto. São cinquenta árduas folhinhas. Cinquenta formas de ver Deus.

11.

Você gosta?, perguntei a Inés só por perguntar. O crec-crec das folhas quebrando sob nossos tênis sempre nos tranquiliza. É a beleza do outono, o chão amarelo, como uma bandeja grande com bolachas de baunilha. O ruim é que as folhas quebradas me fazem pensar nos pulmões de minha avó Clara Luz, seus "pulmões parecendo charque velho", ela diz fazendo um esforço de orangotango para respirar. Coitada. Imagino seus pulmões pendurados no varal de estender a roupa, esturricando por causa de um sal fraco que os resseca, partindo-se em um crec-crec lento, como os primeiros acordes de um baixo.

Inés diz que sim, que gosta desse barulhinho. Mas ela me parece triste. A brincadeira das sombras não a distrai mais. Agora que Inés está um pouco melhor, saímos aos sábados para caminhar às 11h45 em ponto. Deixamos as bicicletas na casa do Mestre Hernán e caminhamos pisando nas folhas desidratadas pela avenida das árvores que vai até o colégio. Antes de chegar à placa que diz em letras semigóticas **Escola Salesiana de Senhoritas Maria Auxiliadora**, paramos e nos concentramos com todas as nossas células, tecidos e nervos em desaparecer. É uma brincadeira boba, de meninas ingênuas, algo que não tem mais a mesma magia de quando tínhamos doze ou treze anos, mas recorremos a ela mesmo já estando grandes porque, e adoro dizer isso: o prazer está na repetição. (O gauchinho diz que a arte, qualquer arte, é uma repetição da realidade e que, como toda a repetição, tem algo de "prazer sexual". Essa metáfora rendeu ao gauchinho uma reunião de pais e um ato de contrição supervergonhoso. Meu Pai e minha Mãe, é claro, não participaram.)

Já disse que Inés está obcecada por desaparecer. Assim, paradas ali, debaixo do sol de quase meio-dia, contamos os segundos que nossas sombras demoram para se enfiar debaixo dos nossos pés, como minhocas ensebadas. Escorrem e pronto. Mesmo olhando para trás, você também não vê sombra. Apenas luz. Luz amarela, desbotada, branca, socos de luz violeta.

Sete, seis, cinco, quatro, três... dois, um! Engolimos a sombra. Então damos três pulinhos para esmagá-la bem, para que não escape. Voltamos a contar até noventa e oito e a sombra começa a escorrer, fugindo outra vez. Mas durante os noventa e oito segundos em que a sombra é toda nossa, uma alegria efervescente, tipo sal de frutas ou espuma de Coca-Cola, ou, ainda melhor, tipo a baba do Nacho antes do leite, faz a gente se sentir umas rainhas. São os "segundos da Inés", como eu os chamo, porque durante esse tempo parece que o mundo é perfeito e que para Inés já não importa mais a merda de família que ela tem, nem sua obsessão metamorfósica por passar do estado material ao estado gasoso.

São também os meus segundos, quando nada na realidade me divide e estou no controle de tudo o que é meu, sem refração, sem projeção, sem doses contaminadas da luz que a tarde começa a sujar, sem me diluir nas coisas do cosmos que estão sempre tentando nos engolir. Eu totalmente.

Mas nessa manhã foi diferente, senti que Inés ficou triste. Não como das outras vezes em que, assim que as sombras reaparecem sob nossas pernas, voltamos pelo mesmo caminho das árvores para pegar as bicicletas e Mestre Hernán nos espera com água solarizada e nos atiramos sobre uns almofadões de tecido. Não entramos na salinha de rituais, ele só me deixa entrar quando vou sozinha e mastigamos ou inalamos as folhinhas astrais. A salinha é apenas para conexões ultravioleta. O Mestre Hernán nos pergunta, muito gentil, se o exercício de contemplação foi bom, e nós dizemos que sim, superentusiasmadas, e ele nos oferece algum doce natural à base de frutas ou nos deixa tocar a espada de Samael que está sobre sua cama como um crucifixo ou um anjo da guarda. A espada é sagrada. O brilho daquela coisa é fantástico.

Aço, diz o Mestre Hernán, sem que eu pergunte nada.

Já matou alguém com ela?

Peste!, diz o Mestre Hernán sorrindo, e seus dentes superbrancos me cegam. O ego, ele responde por fim, como se falasse comigo pela primeira vez.

(É verdade, os gnósticos matam o ego, matam em câmera lenta. Um dia uma coisa, no dia seguinte outra, até que você deixa de ser uma pessoa e vira só energia em plena circulação.)

Inés ficou triste porque, segundo ela, já faz dias que vem se dando conta de que sempre será escrava de suas malditas pernas e que nenhum truque de criancinhas imaturas vai mudar sua natureza ósseo-lipidinosa. As pernas de Inés não são tão grossas quanto ela imagina, e posso apostar meu diário que até as Madonnas gostariam de poder exibir algo assim com suas minissaias fosforescentes. Inés nunca acredita em mim quando tento oferecer a possibilidade dessa inveja como se fosse uma maçã lustrosa, a maçãzinha da Deusa Éris. Esse tipo de tentação não é com ela.

Odeio minhas pernas!, disse, arranhando as panturrilhas. Me olhou como se quisesse me bater, mas eu sei que não é de mim que ela tem raiva. Eu sei, e por isso a perdoo.

Além do mais, ela sofre. E eu sofro por ela. Mas não consigo pensar numa solução. Teria que ser o Houdini para tentar alguma coisa. Desaparecer. Segurar o ar e desaparecer. Teria que ser metade Anne Frank, metade Houdini, algo assim, mutante.

Será que não é morrer o que você quer?, perguntei, enquanto descíamos com as bicicletas e antes que ela pisasse nos pedais e fosse embora a toda velocidade – é fascinada por isso de "queimar calorias".

Como você é tonta, respondeu.

Fiquei com raiva. Não é justo. Tento entendê-la e ela me chama de *tonta*.

Por isso fiquei para trás de propósito. Deixei que ela pedalasse e pedalasse até que ficasse pequena no horizonte.

Não me esperou.

Não fui atrás dela.

Life is real, so real... Loneliness is my hiding place. Oh, oh.

Quando voltava para casa, me deu vontade de chutar pedrinhas. Desci da bicicleta e a arrastei como uma carroça velha. Não sei por que fui passar pelo bar do catalão. Meu Pai estava ali. Conversava, ou melhor, escutava o monólogo de um senhor alto, com botas pontiagudas e saltos de metal. O homem pegou uma nota e a queimou com a chama de uma vela que o taberneiro levou até ele. Com a nota em chamas, acendeu seu cigarro. Meu Pai olhava esse pequeno espetáculo como quem vê chover. No entanto, ao se despedir, o sujeito colocou no bolso da camisa do meu Pai um maço de dinheiro. Não sei se meu Pai disse "obrigado". Não sei se meu Pai protestou esquerdisticamente, não sei de nada. A última coisa que eu vi foi que meu Pai levantou a mão esquerda e coçou o carocinho da nuca. Sua camisa tinha manchas de suor nas axilas. Então, tive vontade de ir atrás da Inés e ficar em silêncio ao lado de seu corpo magro. Mas me lembrei de que estávamos brigadas. Talvez eu devesse cultivar, como os tomates da horta, outra amiga. Talvez Vacaflor pudesse acolher minha cabeça e meus olhos úmidos em seus peitos enormes. Isso não seria trair Inés? Trair minha solidão oligofrênica?

12.

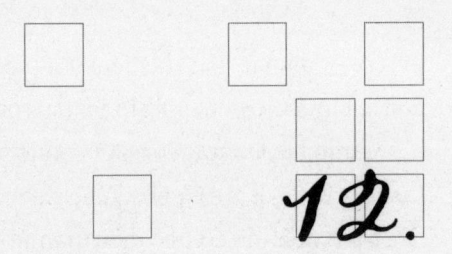

Risos e olhares enviesados quando Lorena Vacaflor, a ex-
-Madonna gorda, volta pelo caminho que as carteiras alinha-
das formam. Quishpe, o professor de Ciências Sociais, devolveu
sua prova com um reluzente 6,5/7 escrito com caneta vermelha dentro de um círculo. Lorena Vacaflor também está vermelha e quase posso sentir o peso das suas pernas equilibrando
cada passo. Eu mesma experimento esse afundamento quando
volto da mesa do professor para a carteira. O professor de Física
tem razão, existem matérias e matérias – matérias que vemos e
outras, elementais, invisíveis. "Um universo a salvo de tantas
cores", diz Marzziano, que deixou a Teologia da Libertação para
se casar com uma lavadeira e ensinar Física nessa escola estúpida para senhoritas. Só podia ser marciano mesmo.

A matéria, aquela que vemos, às vezes se torna espessa e é
aí que fica difícil caminhar.

Mas a timidez, ou essa coisa que não é nem vergonha nem
arrogância, tampouco é uma variável que se possa combinar
com massa e força para calcular uma velocidade X, como se
fosse uma mistura de leite em pó. Tantos segundos avançando
entre as fileiras de carteiras, tanta dor. O que eu quero dizer
é que, para alguém como Vacaflor, ou como eu, as distâncias

percorridas não são medidas em centímetros, mas em outra coisa. Uma medida que ainda não foi inventada.

Finjo fazer anotações. O gotejo do meu coração se tornou insuportável. E até Nacho já percebeu, porque não se tranquiliza mais quando coloco meu mamilo em sua boca para fazê-lo dormir. Às vezes penso que me transformei em outra garota, uma garota mais velha, mais segura de si mesma, mas também menos generosa. Um pouco cruel. Os encontros com o Mestre Hernán são cada vez mais intensos. Já não se trata só de ouvir suas explicações sobre os Ensinamentos ou de fumar sálvia para nos conectarmos com o mundo astral, mas de algo profundamente importante e inevitável. O que Marzziano chamaria de "forças gravitacionais". Volto para casa em um estado febril e só meu rosto no espelho me tranquiliza. *Oh, oh, Lord, what you're doing to me, I have spent all my years in believing you.* E não é a vós que eu buscava, Senhor. *But I just can't get no relief, Lord!* Preciso contar para alguém. Para alguém que não seja o Mestre Hernán. Porque ele já sabe tudo sobre mim, e meu caderno quadriculado é uma repetição.

É patético como sinto falta da Inés.

Lorena Vacaflor se senta. Sua carteira fica bem na frente da minha, o que é um alívio. Desde que as Madonnas a expulsaram do clube, está cada vez mais gorda e me cobre totalmente do olhar torturador do Quishpe. Bom, eu também não tenho muito o que esconder. O Quishpe não deve se interessar por meus joelhos ossudos, quase sempre decorados com hematomas de diferentes intensidades por causa das batidas que frequentemente dou contra a carteira de Vacaflor.

As Madonnas dão risada passando entre si um papelzinho. Como estou cercada por duas Madonnas, uma delas precisa me pedir (com um sorriso fingidíssimo) que eu passe o papelzinho para a outra. Pego o papel, olho para o pescoço gordo e suado de Lorena Vacaflor, o cabelo seco amarrado em um rabo de cavalo, o ponto no lóbulo da orelha direita que sua mãe rasgou ao arrancar uma argola enquanto a surrava por ser burra. Quando você vai tirar uma nota decente? Quando, sua grande imbecil? Lorena diz que as notas, na verdade, não importam nada para a velha. Quando "sobe nas tamancas", diz (e eu mal posso imaginar a velha se equilibrando com todo aquele peso), basta um pretexto qualquer para voar em Lorena como um boxeador. Ela poderia se defender. É gorda.

Passa o papel, putinha, sorri a Madonna da minha esquerda levantando uma das sobrancelhas. Devem praticar muito esse maldito movimento da sobrancelha. Todas sabem fazê-lo, como se o talento "sobrancelhístico" fosse natural, uma pitada de malandragem em suas carinhas de gesso. Talvez seja isso mesmo. Acabamos de estudar sobre os fenótipos. Talvez suas mães fizessem a mesma coisa e agora elas pertencem a uma raça que levanta uma sobrancelha, sorri e te chama de "putinha".

(Deixo meu lápis suspenso. Percebo que ele precisa de uma boa apontada, de uma ponta assassina capaz de entortar qualquer idiota. Antes dos Ensinamentos de Ganímedes, tinha vergonha da minha própria raiva, não sabia que ela é apenas energia mal sublimada e que é necessária. Se você tenta conter a raiva, o ódio, e até o amor, isso se transforma em um caroço de gordura, como a bolinha asquerosa que meu Pai tem na nuca. É mentira que ela é seu irmão não nascido ou desalmado, é mentira que ele está vivendo a vida de outro. E essa é a única coisa que não gosto em Clara Luz. Essa infâmia. Eu disse infâmia. Nunca tinha usado essa palavra para me referir a um assunto de Clara Luz...)

Sorrio para a loira infame e meto o papel na boca.

Não quero, digo com a boca cheia.

A Madonna me mostra suas unhas afiadas.

Não posso evitar acariciar minha bochecha enquanto contraio o cuzinho. Isso, a contração e o medo, é a professora de Biologia que nos explica. De qualquer forma, desde que fiz com que respeitassem minha Mãe, as ameaças das Madonnas não passam disso. Latidos de cadelas.

No recreio, as Madonnas ocupam o banquinho que as freiras mandaram colocar na sombra da paineira. Geralmente são quatro, mas às vezes aceitam uma quinta (no lugar que Vacaflor ocupava) se ela tiver descolorido o cabelo com Blondor (do forte) e usar sutiã preto por baixo do avental. Tiram a jaqueta, abrem os botões superiores e pegam aquele miserável toca-fitas. Francamente, já estou enjoada de *Like a Virgin*. Escutam essa música novecentas e noventa e nove vezes, como se a entendessem, até que a fita cassete começa a enroscar e a *Virgin*, em plena agonia, confessa mensagens satânicas. Devem ter um milhão de cassetes de reserva.

Essas piranhas jamais conhecerão Mercury. Mercury se torna invisível diante de suas retinas forradas, de sexta a domingo, por lentes de contato azuis com ridículas doses de violeta, imitando Liz Taylor do modo mais ordinário possível.

Para ir ao banheiro, é preciso passar perto da árvore. Decido esperar até que faltem dois minutos para o sinal ou pelo menos até que se aproxime algum babaca de Muyurina.[16] Sempre tem um que pula a cerca do lado da horta.

Carrego meu caderno no peito, debaixo da camiseta de Educação Física. Deitada no corredor dos fundos, apoio as pernas na parede. Gosto do frio do cimento nas minhas costas. O Mestre Hernán diz que não devemos perder o contato com os elementais da terra, ou seja, com as criaturas que buscam uma oportunidade de reencarnação, para dizer claramente – ainda que ele chame isso apenas de "encarnação". Nós que estamos neste plano deveríamos servir de ponte entre as duas margens: os seres evoluídos e as almas que acabaram de começar seu percurso infinito sideral pelas estradas do universo. Escrevo de ponta-cabeça, contra a Lei da Gravidade.

Não me junto com ninguém. Desde que tiraram Inés oficialmente do ano escolar por sua convalescença, nunca me junto com ninguém. Também não leio nada. As revistas *Duda* apodreceram porque nem Clara Luz está em condições de ler. E para a escola não me atrevo a trazer os Ensinamentos de Ganímedes. As freiras são experts em queimar textos que não são do seu agrado. Nem as Madonnas trazem mais seu *slam* para a escola.

Antes que as Irmãs instalassem o banquinho debaixo da paineira, aquele era meu lugar favorito. Não me incomodava o cheiro ácido dos banheiros, nem o barro que se formava por causa dos encanamentos quebrados. Mas elas prontamente

---

[16] Bairro movimentado de Cochabamba, Bolívia.

aceitaram as doações do pai de uma das Madonnas e não se importaram que fosse de "procedência duvidosa"; e foi assim que puseram bancos em toda parte.

Um dia, olhando para a paineira enquanto pensava na prostituta pela qual Kierkegaard tinha se apaixonado e a quem a Irmã Evangelina chama de "mulher perdida", descobri um buraco. Não era um buraco qualquer, como o que fazem os cupins e as formigas para criar seus túneis, amontoando terra ao redor de uma fenda. O buraco tinha sido talhado a faca e forrado com algo que parecia massa de modelar, provavelmente a mistura que o gauchinho tinha nos ensinado a fazer para desenhar em alto relevo nas telas. Me afastei alguns metros e então vi o corpo. As Madonnas e seus comparsas tinham gravado a punhaladas uma mata de pelos púbicos sobre o buraco e, mais acima, escondidas pelos ramos, tinham prendido bem duas cabaças com a boca para baixo que, sim, é isso mesmo, lembravam duas enormes tetas.

Uma espécie de tristeza apertou meu peito. Isso eu herdei de Clara Luz, esse aperto no peito, tudo eu sinto ali (e no cu). Outras sentem especificamente com o coração, mas, no meu caso, a tristeza aperta o esôfago. É culpa do meu Pai, acho, que tem essa coisa congênita na nuca e que, com certeza (como todas as formas da sua dor e todos os seus escombros e avarias), também é hereditária. A tristeza é hereditária e incurável.

Enfim, as freiras colocaram o banquinho e as Madonnas se apossaram da árvore, da cerca, de tudo.

Não converso muito com Lorena Vacaflor, ainda que não sejamos mais inimigas públicas, que juntas tenhamos roubado terra preta e ela tenha sido testemunha do meu primeiro encontro *face to face* com o Mestre Hernán – o que, de certa forma, nos torna cúmplices. Ela gosta das gordas. E das mais novas. Assim que sai da aula, vai para o quiosque onde a esperam as gêmeas Ortiz, que ainda não terminaram o Intermedio.

Nesta semana, porém, conversei sério com Vacaflor. Ela está com um problemão e nem uma solução completamente maluca poderia aliviar o seu lado. Além disso, as gêmeas Ortiz estavam dando um gelo nela e a coitada se viu forçada ao recreio contemplativo que eu pratico no corredor dos fundos.

Ainda estou com o papelzinho na boca quando a ex-Madonna se aproxima e o cuspo em minha mão. Sopro para secá-lo um pouco e, juntas, deciframos a tinta diluída: "O Quishpe kome ela". Sobraram apenas alguns traços do desenho estúpido de uma vaca com uma flor entre os chifres.

Jogo o papel no chão e Lorena o pisoteia com a fúria de um elefante.

Pego o sanduíche de presunto e queijo que minha Mãe me obriga a preparar in-va-ri-a-vel-men-te todos os dias da minha vida, porque "os cinquenta centavos que seu pai te dá não dão nem pra um *mocochinchi*". A gorda deve estar salivando. A professora de Psicologia diz que a única diferença entre humanos e animais é o controle dos instintos. Vacaflor se controla, isso está claro. Ofereço o sanduíche.

Ela o agarra e devora todinho, como um Pac-Man. Nham, nham, nham.

Quando não há mais sanduíche na face da Terra, pergunto o que ela pensa em fazer.

Com o quê?

Como com o quê, Vacaflor? Como assim, com o quê? (Sua cara redonda dá vontade de bater mesmo. Agora, entendo melhor a sua mãe. Respiro fundo durante sete segundos.)

Ah, com *aquilo*.

Sim, com *aquilo*.

Ela encolhe os ombros. Passa a língua pela boca para exterminar as migalhas. Tem bons dentes e, se você apagar mentalmente a papada e ficar só com o nariz pequeno e os olhos escuros, é passável. Está a um milhão de anos-luz de ser uma garota bonita, mas é passável. Como eu, como Inés quando ainda não era uma radiografia portátil, e até como algumas das Madonnas.

Você sabe pra que serve um relógio?, pergunto impaciente. É uma pergunta-enigma, das que usava com Clara Luz para decidir o destino dos bonecos de arroz.

Pra dar as horas, não?

Não.

Como não?

Ele não te dá hora nenhuma. Pensa. Como um relógio vai te dar uma hora? O relógio só serve pra te deixar nervosa. Pra que você se lembre que o tempo passa. Tique-taque, tique-taque, brutalmente. O que você vai fazer quando *aquilo* começar a crescer?

O quê?

Vacaflor!

Não sei. Não sei o que vou fazer, ela diz tremendo. Tudo o que eu pensava sobre ela, que por sair com as Madonnas tinha malícia, que era um pouquinho mais madura, que sabia falar com os caras mais velhos sem gaguejar, de repente desaparece. Vacaflor consegue ser mais tímida que eu.

Quando o sinal toca, voltamos rápido para a sala de aula. Não dá tempo de eu fazer xixi. As Madonnas já fazem fila com os aventais abotoados outra vez. Nunca se sabe quando haverá "inspeção". Simplesmente aparece alguém, lanterna em mãos, e começa a inspeção. Jogam luz nas suas pernas como se você fosse uma leprosa. A que não estiver usando anáguas ou mostrar as unhas pintadas está frita. Vacaflor está pálida e cheira a suor.

Temos aula com a Irmã Evangelina. Já sei que ela não tem a perna esquerda e tem baba seca e baba úmida nos cantos da boca porque é diabética, mas sua figura mutilada sempre me desconcerta e preciso de aproximadamente dois segundos e meio para entrar em sua longitude de onda. A Irmã Evangelina está obcecada desde o segundo trimestre, quando aconteceu o caso da Livy Soler (episódio proibido, do qual ninguém fala), com o tema da "Inversão de valores". Soa como a desgraça gringa de 1929, quando Wall Street virou talco pulverizado, "ruiu", Quishpe diz, "igualzinho ao Império romano"; mas esse assunto, o dos valores da alma, mais conhecido como os "raminhos de flor", é muito mais chato. O de sempre: a criminalidade é um transtorno para o vilarejo. Ninguém mais é solidário, ninguém mais dá a vida pelos demais. Alguém sabe o que é gastar a vida? Gastar, jovenzinhas, como uma borracha. Quando a Irmã Evangelina diz isso, olha em especial para as Madonnas. Todo mundo sabe que duas delas são filhas de bandidos. Mas nessa ocasião, por algum estranho motivo, a

Irmã Evangelina quer falar do corpo. Não das partes do corpo, porque isso é tarefa da professora de Biologia, mas do corpo como uma flor. Escreve isso na lousa: "Nosso corpo é uma flor". O giz solta um chiado e a ex-Madonna mexe sua bunda enorme na carteira. "Uma só pétala", diz a Irmã Evangelina, "e a flor é despedaçada".

As Madonnas invictas riem devagarzinho.

A Irmã Evangelina aplaude. Seu aplauso quer dizer o contrário, tipo "calem a boca, pirralhas" ou "juro que vão arder no inferno!". Sou capaz de apostar meu dedo na chama de uma vela por cinco minutos que, para as freiras, a indisciplina é um dos pecados capitais. De verdade. A indisciplina as irrita mais que a mentira. Quando você mente, se enfurecem, claro, mas te dão oportunidade de pedir perdão com toda a sua alma apodrecida.

"O que você quer dizer com despedaçada?", pergunta a Madonna Queen.

A Irmã Evangelina tosse. Deve estar esperando que a Providência envie uma explicação.

Então lhe ocorre a brilhante ideia de enviar a Madonna Queen para o pátio, a fim de "buscar com humildade um punhado de florezinhas pra fazer a demonstração".

A Madonna Queen se levanta. Está com o avental enfiado na bunda (as Madonnas também tiram as calcinhas durante o recreio, e às vezes não dá tempo de voltar a colocá-las). Suas Madonnas Friends ficam preocupadas e, diante do alvoroço, a Irmã Evangelina se aproxima babando, dando passadas com sua Supermuleta. Quando está a ponto de brandir a lanterna contra o avental da Madonna Queen, a infalível e autêntica Lorena Vacaflor se inclina e um jorro de massa e velocidade de vômito lambuza a perna sobrevivente da Irmã Evangelina.

Restos não digeridos do presunto flutuam no chão.

No segundo recreio, o mais curtinho, voltamos a nos encontrar no corredor dos fundos. Deram um digestivo para Vacaflor, que agora tem o aspecto debilitado de uma Laurita Vicuña inflada.

O que você tá fazendo?, me pergunta, cada vez mais estupidamente convencida de que somos amigas ou cúmplices.

Não tá vendo? Tô escrevendo.

Ah.

Sim: "Ah".

Você ainda tem ido visitar o sacerdote?

Que sacerdote, Vacaflor?

O do templo do laranjal.

Decido não responder. Totalmente tonta não é, e, ainda que não faça mais parte do exclusivíssimo clube das Madonnas, nunca se sabe, poderia ser uma espiã, uma sonda daquele horrível planeta das loiras.

Vacaflor se senta ao meu lado e começa a olhar formigas, seu íntimo universo de folhas. Um universo onde existe respeito. Depois de algum tempo, digo:

Faltam 13 anos e um mês e meio pro ano 2000. Essa vai ser a idade do seu filho quando o fim do mundo chegar.

Eu não vou ter filho nenhum.

Como não?

Não vou ter.

Você vai enfiar um cabide em si mesma, que nem a irmã mais velha das gêmeas Ortiz? A solteirona...

Não!

Então?

Não sei.

O profe de Sociais já sabe?

O quê?

(Nessa hora me dá vontade de massacrar Lorena Vacaflor e entendo sua velha e troglodita progenitora. Ela é realmente patética.)

Ora, que você tá grávida. Querida, acorda, dá o *play*! O Quishpe sabe?

Não tô grávida. E, além disso, não sei por que você tá falando *desse aí*.

Ele te deu uma nota excelente, não foi?

Pra você também.

Eu estudo, Vacaflor. A matéria sobre Atahualpa[17] era enorme e, que eu saiba, até ontem você não diferenciava a Mama Ocllo[18] da Mamita de Cotoca.[19] Eu traço os mapas contra o vidro. Precisão matemática. Você desenha direto, à mão. E a sua folha fica imunda.

Eu sei que algumas meninas te pagam pra desenhar os mapas, Gen. Eu vi seu estilo no trabalho de hidrografia. Você esfuma a cor com o dedo, como o gauchinho ensinou. Eu sei.

Foi só uma vez. Só uma vez porque eu queria comprar um presente pro meu irmãozinho. Você nunca se sacrificou por alguém, Vacaflor?

---

17 Décimo terceiro e último imperador do Império inca.
18 Divindade inca relacionada à fertilidade; filha do sol.
19 Designação carinhosa para a Virgem de Cotoca.

Ah, é? Isso também foi só uma vez. É a mesma coisa, Gen.

A mesma coisa?! Quer saber? Não, você não sabe de nada, Vacaflor. Melhor voltar lá pra quadra, Quishpe acabou de oferecer uma recompensa pra quem achar seu dente de ouro. Embora eu ache que, pra você, não falta nem um décimo de nota depois daquele incrível quase sete que ele te deu.

A gorda nem se mexe. Dá na mesma, já não importa. Como não podia ser de outra forma, uma Madonna encontrou o dente de ouro do Quishpe. Vitoriosa e suada, traz o troféu levantado. Quishpe nos faz entrar na sala de aula para presenciar a emotiva cena do reencontro com seu dente. Antes de entregá-lo, a Madonna diz: "Da próxima vez são 20 pontos, professor". Quishpe agradece e promete que fará uma visita ao dentista para que consertem o dente com uma massa melhor, porque os pontos extra que ele tão generosamente distribui em cada aula estão acabando, e se o dente – esse dente de verdadeiro ouro de Oruro – continuar caindo, o mais provável é que nenhuma de nós precise fazer o exame final por excesso de pontuação, e antes que "asss irmãzinhasss" puxem sua orelha por ser "bondossso", é melhor começar a falar sobre "a dama de ferro", o tema de hoje. Pisca um olho para Lorena Vacaflor e procede a encaixar o dente com um experiente movimento de língua. Eu o odeio.

Quishpe, como um bom cachorro, fareja a minha ira. Então caminha lentamente até a minha carteira e eu, em três milésimos de segundo, pego o caderno e o deslizo para baixo das minhas nádegas. Ele não vai se atrever...

13.

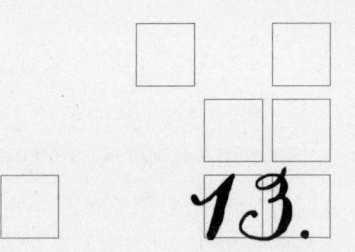

Quishpe me olhou fixamente durante quase sete segundos. Dizer é fácil, "sete segundos". Mas suportar o olhar cocainômano de alguém que te despreza durante eternos sete segundos é uma loucura. Suga toda a sua energia. Esse *colla* estava bem *crazy* se achava que eu ia entregar meu caderno com as partes mais ferradas da minha existência. Antes morta.

Pra lousa!, Quishpe disse.

Então tive de explicar na lousa os três principais motivos pelos quais Ronald Reagan chamou a URSS de "o Império do Mal". Pela primeira vez, agradeço a ladainha trotsko-subversiva do meu Pai.

Na saída, antes de pegar o ônibus, digo a Vacaflor que não se confunda, eu não tenho amigas. Minha única amiga abandonou a escola. Viro as costas e ela me segue um pouco, como uma cachorra indecisa. Sinto pena, mas não cedo (o Mestre Hernán diz que os sentimentos podem ser miragens, que precisamos desmascará-los, a ira não é totalmente ruim), e então digo firme para ela não me procurar mais, que quero ficar sozinha, olhar formigas no recreio, ouvir o farfalhar das folhas nas árvores.

Lorena fica quieta. Seus olhos não se enchem de água nem nada disso. Está acostumada. Porém, no dia seguinte, em que temos Educação Física no quinto período, ela não participa da aula. Tem dor de estômago. A Irmã Enriqueta a manda para a enfermaria.

As Madonnas estão estreando Reeboks fúcsia com cadarços fosforescentes. Há uma confusão entre elas porque alguém teve que delatar a Madonna Queen para a diretora por causa de um caderno *slam* e algumas respostas provocativas. O *slam* continha nomes, incluindo uns de rapazes, descrições de seu "círculo dourado", e as freiras estão histéricas. Alguém diz "lealdade" e a Madonna Queen diz "expulsão, desonra, zumbi". Seus sapatos e o sol doentio ferem a minha vista. Estou tão entediada que poderia morrer. A matéria visível está me matando. Só penso na próxima quinta-feira, na casa do laranjal. Aproveito o treino de corrida para escapar até o segundo pátio, pegar minha mochila e escapulir para a enfermaria.

"A Irmã Enriqueta me mandou ver como está Lorena Vacaflor", explico apertando os olhos e juntando os pés, numa atitude super Laurita Vicuña.

Para a Irmã Rosa tanto faz, ela é surda e agiota. Nos vende absorventes a um peso e cinquenta centavos. O dinheiro de três malditos recreios, no meu caso.

A gorda está lívida.

Você tá lívida, digo.

Quê? (Dessa vez não tenho vontade de massacrá-la. Algo me diz que está realmente mal.)

Você tá branca como um papel.

Não tô mais preocupada com o fim do mundo, diz com uma voz superdolorida.

Quê? (A coitada olha para mim e quase sorri.)

Tomei uma coisa. Devo expulsar o bicho a qualquer momento. É o que me disseram. As Madonnas já fizeram isso antes.

O bicho... E como você se sente?

Mal. Minha barriga tá doendo. É como se estivesse com vontade de cagar.

É medo, Vacaflor. Provoca contrações. A matéria sobre o esfíncter, lembra?

Preciso ir ao banheiro. Mas não nesse banheiro. Sinto que vou me desfazer. Vamos no banheiro lá atrás, por favor.

Fazemos a melhor cara possível para nos safarmos da velha avarenta da Irmã Rosa, que me manda dizer alguma coisa para a "boa Irmã Queta", mas me entra por um ouvido e sai pelo outro.

Mal nos dá tempo de trancar a porta e colocar uma vassoura atravessada quando Lorena fica de cócoras no chão e, entre urina e merda, expele algo escuro, escorregadio e carnal.

Em parte, isso me lembra o líquido que minha Mãe pôs para fora na "noite de Marte". Algo na fúria dos olhos de Vacaflor também me lembra aquela noite, a cara felina da mamãe. Mas deixo de lado as semelhanças porque jamais irei manchar, nem com a menor comparação, a madrugada em que Nacho chegou a esta terra.

A ex-Madonna, acocorada e fedendo, mal respira. Vinte segundos se passam nessa escuridão úmida. Sua boca branca me deixa com os nervos à flor da pele.

Analiso tudo rapidamente, com enunciados gerais e particulares, tudo na velocidade da luz, dialética e esquerdisticamente. Se eu sair em busca de ajuda para Vacaflor, acabarei indo em busca de castigo para Vacaflor. Se castigarem Vacaflor, se a penalizarem, expulsarem, se sua mãe afundar seus olhos e cortar sua língua, as Madonnas ganham. Não sei como funciona esse silogismo, mas é assim, e não temos mais tempo. Nessa hora, que falta me fazem os poderes sobrenaturais de Clara Luz.

Figura umbrana aeris, foetor cadaverum viginti cubiculum aurarum veris volumina fumi putidi species generis veri, repito mesmo assim, vai que serve para alguma coisa.

Ajudo Lorena a se levantar e a acomodo na ducha. Sob suas pernas de elefante, um riacho de sangue escorre rumo ao ralo.

Não me atrevo a olhar muito o bagacinho, que parece um sapo de bruxaria. Clara Luz me mostrou alguns, verdes-violeta, abertos, com os olhos saltados flutuando *for ever and ever* em vidros com álcool.

O quê... o quê... o quê vamos dizer?, gagueja Vacaflor. O rio já não está tão vermelho.

Nada. Não vamos dizer nada.

Vacaflor se apoia nos azulejos e toca suas partes. Deve doer ali. É uma ferida.

Nesse momento não tenho noção real da enrascada em que me meti até o pescoço. A única coisa que me importa é o que o Mestre Hernán disse. O que me prometeu...

Batidas violentas na porta. Risadas das Madonnas. A voz aguda da Irmã Enriqueta falando de higiene e desidratação. Oito segundos.

A gorda, completamente molhada, amarra a jaqueta na cintura, no que se supõe que é sua cintura. Mal consegue caminhar, não apenas pela dor, mas pelo bolo de papel higiênico com o qual tamponou a ferida.

Abram!, esganiça a Madonna Queen.

Vacaflor me olha aterrorizada.

Com um nojo descomunal, pego o sapo humano e o jogo na privada. Aperto a descarga e o sapo resiste, retorna como a pior das merdas, a mais rebelde.

Quem está aí dentro?, pergunta a vozinha de apito da Irmã Enriqueta. Não à toa é professora de Educação Física.

Prendo a respiração, tiro o anfíbio do vaso, se parece um pouco com o E.T. Quero chorar. Chorar sem motivo. Apertar Nacho contra o meu peito. Então abro minha mochila, tiro o tupperware onde minha Mãe me obriga a guardar os sanduíches repetidos e coloco o volume gelatinoso ali. Abro a mochila de Vacaflor, tiro seus cadernos e passo para a minha mochila. Quero que o sapo fique apertado, esmagado, prensado, apertadíssimo, que não apareça por nenhum lado.

Quando abrimos a porta, a Irmã Enriqueta, parada como um sargento no umbral, está com as bochechas espanholas mais rajadas do que nunca por veinhas púrpuras. Quer saber por que estamos fechadas e sozinhas. Por que Lorena Vacaflor está molhada.

Nenhuma das duas diz nada.

Amanhã vocês não entram na escola sem seus pais, diz a freira.

Caminhamos até a sala da direção em câmera lenta. O corpo da gorda dói, e a mochila asquerosa pesa nos meus ombros.

Cola-velcro, sussurra uma das Madonnas.

Olho para ela com uma ira nova. Sei que o cuzinho dela se contrai. Posso jurar.

No ônibus, com a mochila sobre meus joelhos hematômicos, penso em como eu já amava Nacho antes mesmo de ele nascer. Antes de ele nascer e de eu nascer. E é estranho como penso também, como se estivesse entendendo melhor, na vergonha do meu Pai. Meus olhos ardem e os aperto. O que vou fazer com o anfíbio? Poderia colocá-lo num frasco com álcool e mostrar para Clara Luz, contar que o encontrei no açude ao lado da horta. Ou comê-lo. Fazê-lo desaparecer. Isso. Isso mesmo. Vou comê-lo para que não sobre nem um rastro. Simples.

O motorista procura alguma coisa no rádio. O clima, a hora, a cotação do dólar. Nada. Tocam *Bohemian Rhapsody*. É um presente divino, pura transmutação; me expressa, tira os alfinetes do meu coração. É uma mensagem intergaláctica de Mercury.

Vou comer o sapo com leite.

Apoio minha cabeça na janela. Vejo Lorena Vacaflor por um instante na estrada, caminhando como um astronauta com suas pernas grossas. Quero colocar minha mão para fora e agitá-la, me despedir, mas a deixo apoiada no vidro e logo a gorda vai ficando pequena, para de andar, se torna massa, um ponto morto, não a vejo mais.

O quarteirão que separa minha casa do ponto de ônibus não é tão meu às duas da tarde, principalmente porque minha mochila pesa como um cadáver. Assim, fica difícil chutar pedrinhas.

14.

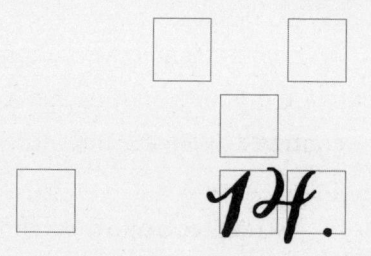

"Ainda que eu falasse as línguas dos homens e dos anjos, se eu não tivesse amor, seria como o sino ruidoso, ou como o címbalo estridente. Ainda que eu tivesse o dom da profecia, o conhecimento de todos os mistérios e de toda a ciência; ainda que eu tivesse toda a fé, a ponto de transpor montanhas, se não tivesse o amor, eu nada seria. Coríntios 13:1-21", li em voz alta para Clara Luz. Ela diz que só gosta de algumas passagens da Bíblia, e são justamente aquelas que as pessoas nunca pedem quando seus entes queridos morrem. Pediu que eu lesse o trecho três vezes. Tem muita dificuldade para respirar. Acho que eu já disse que, com a máscara de oxigênio, ela parece uma astronauta velha/jovem; as duas coisas, porque os cabelos compridos – brancos como o rastro deixado pelos aviões – estendidos sobre o travesseiro a fazem parecer uma sereia. Me esforço para imaginá-la jovem; não como nas fotografias onde quase sempre está ao lado de meu avô vestido como um soldado veterano da Guerra do Chaco, ou com papai quando era pequeno, ou com um rapaz barbudo, antes de ele ir a Vallegrande com outros jovens do partido e depois a La Paz para estudar. Eu a imagino jovem de verdade, ela mesma, não em comparação com as pessoas, jovem sem ser mãe ou avó, livre de todos nós. Nessa hora é que sinto muito que ela esteja tão doente, tão próxima da morte. "Sua avó está perto da morte" – essa é uma frase cruel do meu cruelmente esquerdista Pai.

Clara Luz, o que é um címbalo?

Minha avó faz um esforço enorme para me explicar que címbalo é um instrumento musical antigo, que os padres da "primeira igreja" o utilizavam para louvar. Ela diz "primeira igreja" para se referir aos padres velhos que construíram a paróquia central, que fica de frente para a praça, com um monumento que se chama "Pietá": a Virgem Maria carrega em seus braços Jesus Cristo morto, magro, com os joelhos ossudos, dilacerados e sangrando. A Virgem tem as feições levemente franzidas. Inés garante que não, que parece superjovem, não como se fosse a mãe de Cristo, e sim sua irmã. Krista. A menina Krista, alguém que poderia inspirar Freddie Mercury. *Tie your mother down!* Eu a observo de perto e juro que vejo preocupação em seu rosto. Esses padres trouxeram o monumento diretamente da Itália. É um "êmulo", uma "réplica em escala", a Irmã Nuri nos explicou, acentuando bem o *e* de "réplica" com seus dedos retorcidos, e isso significa que tanto a Virgem como o Cristo doente são falsos, mas para mim parecem bem verdadeiros. Os padres foram substituídos por outros, mais jovens, bonitos, parecidos com estrelas do rock, nada pesado ou *heavy metal*, o outro tipo de rock, o que tocam na Inglaterra. Os padres dessa "primeira igreja" trouxeram uns pratinhos que, quando golpeados, faziam o ar retinir, como se fossem cristal, Clara Luz conta.

Não precisa ter medo, Clara Luz, eu disse à minha avó. Seus olhos estão o tempo todo nublados por um tule branco, como se ela usasse alguma droga.

Clara Luz estica sua mão trêmula e arruma um pouco meus cachos.

Você se parece tanto com *ela*, diz, só que um pouco mais morena. Não sabia se era um elogio, para falar a verdade, porque, sendo honesta, Clara Luz nunca gostou da minha Mãe, nem incondicional nem condicionalmente. Não sei o que a incomoda, o que ela esperava e minha Mãe não soube cumprir. Agora não deve esperar mais nada.

Mas também... também... – ela tossia, se afogava, precisava completar a frase e não deixar minha identidade pela metade – Você também se parece com seu pai – e sorriu. Senti que meus cromossomos XX estavam a salvo. Se Clara Luz diz meu nome, se Clara Luz me descreve, se me reconhece, estou bem.

Eu também sorri para ela. Não tive peito de perguntar por quê, me deu medo de que ela dissesse que me pareço com ele na personalidade, na teimosia, na brutalidade, na tristeza. Que eu também carrego uma protuberância invisível na nuca, a vida suspensa de uma gêmea fantasma. A reencarnação da menina Frank.

"Minha sementinha de mostarda", disse Clara Luz, e as lágrimas rolaram sedosas por suas bochechas enrugadas e, mesmo assim, supermacias. Clara Luz é uma menina envelhecida. Se o padre polonês a exorcizasse, tenho certeza de que a pele dela cairia e surgiria, como vinda de um pântano, uma ninfa de cabelos brancos com doses de um lilás bem pouco saturado. Apertei os olhos com muita força para não pensar no tempo sombrio e infinito que chegará depois que Clara Luz se for.

Ela sempre me chama de "sementinha de mostarda", não por causa do cabelo, que não é tão vermelho quanto o da minha Mãe, mas porque sou franzina, como meu Pai, e de caráter arisco, como os dois que me engendraram. Disse, entre tosses, com palavras salpicadas de catarro, que quando eu crescer, ainda que eu não seja tão alta, serei como a árvore da parábola, frondosa, forte, de frutos decididos. Nos frutos dormirão outras árvores, em suas minúsculas sementes. Reciprocidade Total.

Quando nossa conversa já tinha uma boa longitude de onda, decidi mostrar o anfíbio a ela. Clara Luz tossiu. Perguntou se era meu. Expliquei que não. Clara Luz disse que eu deveria queimá-lo. Existem coisas que só desaparecem com o fogo. Prometi que o queimaria.

Você sabia que a asfixia é o castigo da luxúria?, ela disse de repente, rapidamente, com a voz grossa por causa da fibrose, e tirando um pouco a máscara para que eu a entendesse melhor.

A luxúria?

Sim, o pior... o pior pecado capital, disse. Seus dedos trêmulos penteavam minhas sobrancelhas densas.

Não, não sabia. Você leu na revista *Atalaya*?

Eu sempre soube. Coisas das anciãs... Eu... a gente sabe.

Ah.

Só senti isso uma vez.

O quê?

A luxúria, filha. Clara Luz tosse. Tive a impressão de que a palavra "luxúria" lhe fazia mal.

Ah.

Eu era muito jovem e estava... grávida do seu pai... dos gêmeos.

Um gêmeo morreu.

Isso. Nasceu estrangulado, puro sangue coagulado... Inchado, como o que você acabou de me mostrar. Clara Luz começou a se afogar outra vez, então lhe passei um copo de água e ela "sorveu" apenas um pouquinho. Era como um boi fraco, moribundo.

Por isso seu pai tem aquele caroço no cangote... Aquilo não é gordura, minha filha... É a alma do selvagenzinho... Seu avô tinha se metido nas quadrilhas... da rev... revolução agrária.

E então voltou "surdo como uma tábua" e era possível "destruir a sua reputação bem nas suas costas", completei para que ela economizasse o enorme esforço de falar. Me ocorreu que em todos os contos de fadas, os verdadeiros contos, havia uma avó agonizante que precisava dizer coisas. Até na revista *Duda: lo increíble es la verdad* as agonias precisavam de palavras. Muitas vezes penso nas últimas palavras que eu gostaria de dizer a mim mesma, algo pessoal que não tenha nada a ver com os postais secretos do meu Pai, nada de rios se transformando em tempo ou o contrário. *Who wants to live forever? There's no time for us.* O certo é que eu não queria que minha avó morresse à margem da própria lenda.

Sim. Mas eu... feri sua reputação antes.

Como assim?

Com um peão... dos que vinham se alistar pra distribuição de terras. Clara Luz me fez um sinal e alcancei a bacia onde ela cospe seu "escarro", é assim que ela chama, e também urina, e ali expeliu um catarro escuro com pontinhos de sangue. "Sorveu" outro pouco de água, fechou os olhos um momento e voltou a abri-los.

Eu anotava os nomes deles numa lista. Seu avô os recrutava pra revolução... e depois eles recebiam lotes.

Era justo. Ou não era justo? Ou havia "dialética"?

Clara Luz riu um pouco, tossiu. Fiz com que ela "sorvesse" mais dois golinhos de água.

Você é demais. Se seu pai te escutasse zombar dele... Uma vez o peão veio... de tardezinha... Se chamava Aurélio.

Com todas as vogais.

Com todinhas as vogais! A agitação de Clara Luz era perigosa. Ficou roxa por treze segundos, igual quando Nacho se esquece de respirar e temos que espirrar o remédio que o pediatra indicou dentro dos buraquinhos do seu nariz chato.

Ajudei Clara Luz a levantar o pescoço, dei tapinhas nas suas costas de pássaro, ela "sorveu" um gole de chá de camomila bem coado, para que não engolisse nem uma folhinha. Thor começou a latir, a tentar morder a tela milimétrica da porta. Balançava o rabo, queria entrar no quarto e, com certeza, se enfiar na cama e consolar minha vó. Os cachorros nunca se enganam.

Quando Clara Luz se tranquilizou, saí por um minuto e coloquei no prato de Thor as sobras do mingau de Nacho. Thor se distraiu com isso e voltei a conversar com Clarita.

Deixa o cachorro entrar, disse. Ela adora a alegria do animal. Um dia vou explicar a ela o que o Mestre Hernán me disse, que Thor pode ser uma alma básica, novinha, uma expressão da energia do universo, uma espécie de elemental, e que está na nossa família para que a gente o ajude a evoluir. (Ou o contrário.) Nacho ama Thor, nisso minha Mãe não errou.

O papai me mata se eu deixar ele entrar, ele pode te dar alergia.

Isso é verdade. O seguro morreu de velho.

Me conta mais do peão.

Ah, o peão... O peão Aurélio veio uma tardezinha, como eu dizia... E eu estava muito grávida... Sete meses, talvez... E naquele tempo recebia dois dinheiros... Um dinheirinho dos velórios e outro dinheiro... dos trabalhos de vodu.

E?

E me preocupava com tudo... E o peão veio pra colocar seu nome na lista. Estava suado... e tinha olhos verdes... Eram raros os olhos verdes por aqui... Agora nem tanto, chegou muito gringo no vilarejo. É preciso... desconfiar dos olhos verdes. *Ela* também tem olhos verdes, por sorte você não os herdou. Nem seu irmãozinho. Me dá mais camomila.

Clara Luz pediu que eu colocasse um pouco mais do chá coado no caneco e, enquanto o segurava e a camisola de algodão mostrava suas costas, percebi uma fileira de bolhas pequenas em suas escápulas; algumas eram só pele enrugada, outras como pequenas larvas a ponto de estourar. Senti vontade de chorar ou de bater em alguém. Senti vontade de enfiar uma faca em um corpo, torcer o pescoço de alguma galinha, como antigamente, quando Clarita me ensinava a liquidá-las de um jeito rápido, para que a carne não amargasse e não se desperdiçasse nem a moela, a parte mais gostosa, e o *locro*[20] não ficasse com gosto de susto. Quis meter uma faca em alguém. A ira não é tão ruim assim.

Você tá bem?

Clara Luz assentiu, cansada. No entanto, seus olhos vítreos sorriam com uma irreverência juvenil.

O peão era de mãe brasileira... Fiz ele passar pro segundo pátio, onde estavam as floreiras... Gostou das minhas plantas, as costelas-de-adão estavam frondosas, bem verdes... e a parreira carregada de uvas... As minhocas contentes, bem alimentadas. Ofereci uvas, eu me lembro... E enquanto ele mordia as uvas, me olhava... Eu fazia que... estava procurando coisas no caderno das listas.

Olhava pra você? Ai, Clara Luz, já sei, já sei.

Você não sabe de nada. Como vai saber se ainda não saiu das fraldas? Clara Luz se engasgou de novo. A coitadinha é uma fábrica de catarro canceroso. Não sabia mais se a camomila estava lhe fazendo bem ou mal, se minha companhia estava lhe fazendo bem ou mal. Talvez o problema fosse eu, que não sabia fazer companhia para alguém doente. Talvez não soubesse e meu papel neste plano da existência fosse o de um arcanjo negro que, segundo o Mestre Hernán, são os que te acompanham na hora da passagem. Por acaso eu não tinha acompanhado, de uma maneira estranha, minha melhor amiga chegar a uma situação extrema? Dali em diante Inés teria que fazer tudo sozinha. O que tivesse de fazer.

Coloquei minha mão com firmeza em suas costas para sustentá-la enquanto tossia, mas então pensei que as bolhas

---

20 Trata-se de um guisado à base de batatas, milho e abóbora.

podiam estourar com a pressão e se transformar em feridas horríveis, abertas por toda a maldita eternidade, e só consegui rezar. Comecei pedindo à Auxiliadora pela saúde da minha avó. *Oh, Maria Auxiliadora, implacável como um exército em batalha, livre minha avó do terrível transe da morte*, e, sem que eu me desse conta, já estava misturando orações e dizendo coisas de vodu, palavras em latim, chorando com a melodia do "Om" – que Mestre Hernán havia me explicado que deve subir da base do estômago, e não da garganta. Que inútil é a fé, todas as fés, pensei.

Não chora, mostardinha, Clara Luz me consolou. Esticou a mão e enxugou minhas bochechas. Não chora.

Não tô chorando, Clara Luz. É que não sei o que fazer. Me dá raiva. Você...

Quer que eu continue contando?

Conta, conta mais.

Eu estava com uma barriga de sete meses... Era jovem. Acho que eu era bonita.

Você é linda, Clara Luz.

Para de falar bobagem... Naquela época eu era bonita, não agora, que... mal posso com meu pulmão, é puro lixo. O peão também era bem lindo... Parecia um herói da pátria, como os das enciclopédias... E eu me sentia sozinha. Passamos pro quarto... e foi ali que caí na luxúria.

Clara Luz!

Sim, minha filha... Depois seu avô voltou sem uma perna... Ele dizia que doía, mas a perna não estava mais lá, a enterraram num pântano, longe, na fronteira... Seu pai nasceu e o outro feto, mortinho, com o cordão no pescoço... Eu pensei que esse era o castigo pela história do peão. Mas não era. A luxúria... se paga com asfixia.

O que Clara Luz me dizia era triste, mas não a contradisse. Ela precisava me contar essas coisas, que eu tenho total certeza de que não contará nem para o padre polonês, porque minha avó guarda dentro de si um orgulho profundo. Por mais feridas que estourem em suas costas, minha avó está incrustada num mastro de aço que, mesmo nessa situação, na doença, não a deixa se curvar diante de nada. O mais estranho é que esse mastro a faz ser humilde de verdade, mais no estilo Anne Frank do que Laurita Vicuña. Mais com elegância do que com martírio. O Mestre Hernán adoraria conhecer Clara Luz.

Você já tem namorado?
Não.
Gosta de alguém?
Não.
Não mente pra mim, mostardinha... Aposto que gosta de alguém.

Com certeza fiquei muito vermelha. O olhar de Clara Luz saía detrás da película de tule que embaça seus olhos, atravessava os meus e me esquadrinhava o cérebro.
Quem é?
Não é ninguém.
Então você gosta... de um fantasma.
Não!

Tá bom, não me conta... Também, o que eu posso saber... Estou de partida. Você tá começando.

Clara Luz acariciou meu pescoço com a mão trêmula, passou de raspão por meus peitos e se deteve em meus joelhos hematômicos.

Você tem que se cuidar muito, menina. Seus pais não te entendem. Nem sonhe em contar a eles sobre o sapo malparido.

Gosto e não gosto que Clara Luz fale como se estivesse se despedindo. Meu coração vira um punho, o ar me falta, mas ao mesmo tempo sinto que tenho sorte, que sou especial, que algumas coisas são eternas. *Who wants to live forever? There's no chance for us. Oh, oh.*

Fiquei olhando Clara Luz até que ela dormiu. Olhei suas pintas, os cílios, as sobrancelhas grisalhas, as mãos com tantos calos que eu achava idênticas às da bruxa da Branca de Neve, mas eu amo suas mãos, as mãos torturadas de Clara Luz, com manchas de óleo quente, unhas grossas, veias pronunciadas. Virei suas mãos e observei as linhas; mesmo sem saber nada de linhas, imaginei que, na mais fininha, a que subia até o dedo do meio, estava eu, e que em sua mão Clara Luz me levaria até onde tivesse que ir. Me perguntei se papai a amava tantíssimo quanto eu. Que estranho meu Pai é, que calado. Que sofrido.

Me assegurei de que o tanque de oxigênio estava funcionando bem e saí nas pontinhas dos pés.

Thor havia dormido ao lado da porta de tela e achei que o Mestre Hernán tinha razão, Thor e Nacho eram duas criaturas irmãs e ambos dependiam de mim.

15.

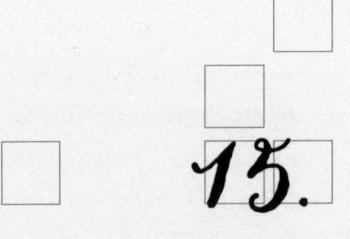

A sétima vez que visitei o Mestre Hernán, também com mentiras, foi no dia do meu aniversário. Não tinha com quem comemorar porque Inés estava hospitalizada. Tive de aceitar o abraço desajeitado do meu Pai, que tocava minhas costas como se tivesse nojo, com tapinhas curtos, sem apoiar a palma da mão na minha omoplata. Resvalei meus dedos pelo caroço da sua nuca só para sentir o estremecimento do nojo. Minha Mãe me levou na costureira e nós duas provamos vestidos que tínhamos encomendado. Ela tinha encomendado outro vestido celeste. "O prazer está na repetição", disse. Congelei por quatro segundos. Essas palavras não eram da minha Mãe, eram palavras copiadas, repetidas literalmente. Mas preferi pensar que existem repetições que não desembocam no aborrecimento plano das coisas sabidas, como ver um filme de terror pela terceira vez com sua melhor amiga enquanto uma tempestade assola o mundo.

Eu quis um vestido branco com franjas de crochê nas mangas e na barra. A costureira disse que esse modelo era "um pouco infantil", perguntou se eu não me animava a fazer algo mais juvenil, mais punk. Desceu rolos e rolos de tecidos de cores gritantes que cegariam até uma víbora. Eu disse terminantemente que não.

Tirou minhas medidas. Busto, cintura, quadril, altura. Disse que eu era magra, mas que logo eu veria como o vestido ia tomar forma, que até "ia ficar em pé sozinho". Um ajuste aqui, outro ali. Eu disse que não queria ajustes, nem babados, nem mangas bufantes. Comecei a mover freneticamente os dedos dos pés. Minha Mãe podia vê-los entre as tiras de couro das minhas sandálias.

Então você quer se vestir igual a uma freira? É melhor pedir que uma das santinhas da sua escola te empreste um hábito, brincou a costureira.

Minha Mãe disse que ela fizesse do meu gosto, que era meu aniversário.

Na verdade, eu queria algo tipo uma túnica, como as que o Mestre Hernán tinha me mostrado para os rituais de Iniciação. Mas não me atrevi a tanto. Mamãe também não suspeitou de nada. Às vezes penso que um óvni abduziu minha Mãe na manhã em que Nacho nasceu, ou talvez antes, e nos mandaram de volta uma criatura substituta, uma mãe idêntica na embalagem, mas transtornada no conteúdo. Nacho, por outro lado, nos despista com sua anomalia, porque na verdade é portador de uma corrente energética superdesenvolvida. A revista *Duda: lo increíble es la verdad* tem todos os dados sobre essas abduções. Os extraterrestres as usam em missões de longa duração. Durante o grande apagão de Nova York em 1965, por exemplo, trocaram um montão de gente comum por seres maravilhosos. Ficaram com eles por um longo tempo, mas na Terra pareceu durar apenas um suspiro, o instante que demorou o apagão. Devolveram os corpos, mas inocularam neles sua energia e inteligência. A partir desse momento, fizeram grandes avanços tecnológicos dos quais em Therox, obviamente, não temos a mais remota ideia.

Na tarde do meu aniversário, coloquei uma camiseta de algodão e o xale preto de Clara Luz. É uma peça fina, um pot-pourri de pétalas tecidas em ponto cheio – minha avó não a usa mais porque está "aposentada" do ofício de rezadeira. Pintei a boca com um batom preto que Inés esqueceu em casa faz um milhão de anos e passei atrás das orelhas um pouco do óleo Glostora que Clara Luz guarda no seu baú, ao lado das xicrinhas minúsculas de porcelana. Tinha cheiro de uma mistura de canela e flores, quase como as flores escandalosamente vivas dos velórios, das quais Clara Luz costumava roubar um raminho na última noite da novena. "Pra manter a Senhora tranquila", dizia. Até pouco tempo atrás, eu achava que essa tal "Senhora" era a Virgem Maria, mas, desde que minha avó ficou cronicamente doente, fiquei sabendo que a bendita senhora era a Parca, a Chacal, a Cavaleira sem Piedade, a Fada Negra, a Grande Cã. Clara Luz tem respeito e temor por essa Senhora. Sempre me orienta que, se alguém tocar a campainha e for mulher, não devo deixá-la entrar. E se for a senhora dos empanados e das conservas?, pergunto. Menos ainda!, se exaspera a pobre Clarita entre tosses e catarros, a Senhora sempre te oferece o que você mais gosta e, uma vez dentro, só vai embora com sua alma no balaio, adverte.

Antes de sair de casa, pedi à babá que cuidasse muito do meu irmãozinho e que não deixasse nenhuma mulher entrar, mesmo que parecesse a fada madrinha da Cinderela. Clara Luz não estava para ninguém.

Fiz um nó cigano no xale e montei na bicicleta rumo à casa do laranjal. A sensação de que estava fazendo algo proibido não era tão profunda quanto a felicidade. Acho que só quando vi Nacho pela primeira vez tinha sentido essa falta de ar que não era asfixia, mas uma vontade de mais, fome de ar, fome de oxigênio para um coração exagerado.

Passei pelo campinho na diagonal do boteco do espanhol, onde alguns meninos da escola Don Bosco de Muyurina jogavam futebol. "Mortícia!", gritaram para mim. Lançaram a bola na minha direção, mas me esquivei rápido e ela passou sobre o meu ombro como uma bala covarde. Nem me incomodei em mostrar o dedo do meio para que o metessem naquele lugar, eu já estava lá na frente com a bicicleta. Eram minhas próprias pernas que pedalavam com uma força que ninguém associaria com minhas canelas ossudas, mas a vista se adiantava ao físico, sonhava, projetava alucinações com a técnica dos slides: luz sobre uma parede e depois uma imagem. Assim mesmo.

Por fim, cheguei na casa e apoiei a bicicleta contra o Ford estropiado. Bati três vezes. Dois segundos e alguns milésimos. Nunca combinamos que eu tocaria três vezes, como um código secreto, mas foi o que fiz. O impulso que eu tinha de colocar tudo dentro de um código secreto era muito grande. Na verdade, sempre tive coisas privadas às quais nem mesmo Clara Luz tinha acesso, e não estou falando do diário. Crateras, olhos d'água, lagos pantanosos nos quais mergulho meus desejos mais... atrozes. Era inacreditável a maneira como tinha conseguido sobreviver sem que meu Pai entrasse nos espaços escondidos da minha alma com sua tristeza violenta, sua voz de Lázaro e seus roncos de bueiro.

A porta abriu. Senti náuseas.

A menina está suando, disse o Mestre Hernán, em vez de me cumprimentar.

Tirei os sapatos e o frescor da cerâmica me fez sentir melhor, como se tivesse entrado em outra dimensão, outro plano.

O Mestre Hernán me ofereceu um copo de água. Tomei de um único gole. Com fome. Com certeza tinha as faces incendiadas pelo esforço e pela vergonha. Nunca tinha ido atrás de alguém, de um amigo, com essa loucura dentro do meu peito.

E seu irmãozinho?

Vim sozinha, respondi, como se ele não pudesse ver a situação, que eu tinha ido até lá sozinha, com minhas próprias pernas magras e meus joelhos hematômicos, e que Nacho não estava lá para me defender. Porque Nacho, ainda que ninguém acredite, me protege das coisas exteriores, das provações do mundo. Só o fato de pegá-lo no colo e deixar que sua cabecinha indecisa golpeie meus ombros levanta uma parede invisível, a mesma que fechava minha Mãe em uma bolha fascinante quando ela estava grávida. Sem Nacho, estou realmente sozinha.

Fomos para a sala dos missais. O Mestre Hernán elogiou o xale. Não contei que era de Clara Luz. De algum modo, eu estava tentando ter uma personalidade única instantaneamente, ocupar toda a casa com a minha presença. Um objeto emprestado, mesmo sendo da minha avó, não pegaria bem.

A menina está parecendo uma Ísis, ele disse. Agradeci. Depois de muito ler os Ensinamentos de Ganímedes, já sei diferenciar entre uma Ísis e uma entidade nova. Ser uma Ísis é uma honra.

Também gostei dos lábios... da maquiagem – elogiou.

Senti que meus ossinhos faziam um ruído cadavérico, um tec-tec incontrolável. Não consegui contar quantos segundos durou essa autodelação.

Pensei muito no que você me disse, confessei. Precisava mudar de assunto. Gostava que ele prestasse atenção nos detalhes, em mim, mas ao mesmo tempo me aterrorizava. De qualquer forma, eu já estava decidida, só não queria parecer uma menina apressada, superficial.

Contou pra alguém?

Você me disse pra não contar pra ninguém.

Me obedeceu?

Juro.

Não jure, menina. Não agora.

Fiquei com o polegar estendido, como quando aprovamos uma canção maravilhosa.

Antes de começar a viagem, precisamos iniciá-la, sabe? Não podemos simplesmente ir assim, do nada. Sem uma abertura mística, você está muito desprotegida. Eu sei que você ainda é menina e sua recepção mental está de acordo com sua idade, mas é inteligentíssima e, além disso, estou falando com o seu coração, com a sua alma. Se você escutar seu coração, vai se sentir muito tranquila. Você sabe, sabe muito bem que essa viagem estava predestinada há eternidades. Você sabe?

Fiquei quieta. Com a bicicleta, tinha percorrido não só os quilômetros que me separavam do que havia sido a minha casa (porque nunca mais seria de novo; eu ia me desapegando pouco a pouco daquele lugar onde dois estranhos, duas criaturas que mal tinham começado sua evolução, meu Pai e minha

Mãe, tinham deixado as marcas do seu repúdio em minha personalidade), com a bicicleta tinha começado a desejada viagem. Pensei que as naves espaciais às vezes tomavam formas cotidianas para não chamar a atenção dos que não estão preparados, dos cegos incapazes de reconhecer o brilho de um sinal. Uma bicicleta, uma árvore, uns patins, um carrinho de bebê. Era uma pena que Inés estivesse doente. Tínhamos planejado tantas vezes a fuga de Therox, de nossas miseráveis vidas familiares, que não podia deixar de sentir uma mistura de raiva, tristeza e decepção por ter de partir com outros tripulantes. Mas as pessoas fazem escolhas, dizem os Ensinamentos. Inés tinha escolhido uma doença. Era, é, uma escolha péssima, mas eu não posso fazer nada para mudar seu destino. Tomara que tenhamos outra oportunidade no infinito. Se tem alguém com quem quero ter novos encontros cósmicos, é com Inés. E com Nacho! Sempre. E minha avó, claro! E Thor. Thor também. Com meu Pai e minha Mãe terrenos já deu. Espero que eles entendam. Espero que parem de me procurar. Que se ocupem com suas próprias coisas. É a Lei da Reciprocidade.

Fui para trás de um biombo e tirei a roupa para vestir a bata que o Mestre Hernán tinha me entregado amarrada com uma grossa corda lilás. Apoiei o nariz no tecido e respirei fundo; um cheiro conhecido de sabão Radical entrou pelo meu nariz e avançou até a parte posterior da cabeça, onde ficam os hemisférios. De repente, senti medo. Muitíssimo medo. Por que eu não podia ser uma menina normal? Uma menina, simplesmente? Não esse ser emaranhado. "Era uma vez uma menina" – o título mais bonito do mundo para um ensaio sobre mim mesma. Talvez eu não quisesse ser uma Ísis, talvez fosse bom voltar, desfazer o caminho percorrido com pés de Laurita Vicuña e pedras nos sapatos e pedir perdão aos meus pais pela soberba, por querer sair do vilarejo. Clara Luz lavava os panos de prato, as toalhas de mesa, a roupa, com sabão Radical. As roupas íntimas ela deixava um pouco de molho em água com canela, para que o cheiro forte da pasta de cloro não impregnasse tudo depois. O que seria de Clara Luz sem mim? Eu estava pronta para deixá-la sozinha na vida áspera da casa, entre aqueles escombros espirituais? Thor ia ficar bem, porque seu plano existencial responde a outras relações, seu caminho é mais lento, mas não era justo abandonar Clara Luz desse jeito. Que saída ela tinha?

O Mestre Hernán disse para eu me apressar um pouco. Tínhamos que começar exatamente no crepúsculo, na fronteira temporal entre o dia e a noite.

Parada no centro da sala, acabo de me dar conta de que o Mestre Hernán não é um homem muito alto. Ele percebeu que eu o estava medindo e sorriu. Os seres evoluídos vão prescindindo do corpo, ele disse. Fiquei vermelha pela enésima vez naquela tarde esquisita.

O Mestre Hernán pegou a espada de aço com a qual esquarteja seu ego e a colocou suavemente sobre a minha cabeça. E falou assim:

"Venerável Lakhsmi me nomeaste, mas sou apenas um humilde Firmino, um Terrível Guardião Astral que olha de frente o sol envolto em chamas. Um avatar temporário no fim do milênio. Com a energia atômica Cristônica, agora executo esta Unção da alma eterna da criatura Genoveva Bravo Genovés. Purificada, desperta e nova, a criatura será o que sempre foi, desde a época Polar até a curvatura do universo, uma Ísis para a Grande Era da Restauração Planetária. Laura Ísis se chamará a partir de agora e cortará todos os laços terrenos. Abandonará seus Pai e Mãe físicos para ir ao encontro cósmico do Matrimônio Perfeito com Osíris. E se Laura Ísis trair seus votos astrais, seu coração perecerá no tenebroso vazio do Samsara".

Quando disse essa última parte, senti que ia desmaiar. "O tenebroso vazio de Samsara", eu tinha lido nos Ensinamentos, era uma maneira de chamar o inferno. O inferno, aliás, não é um lugar com fogo incessante cozinhando eternamente uma carne que sofre e que nunca deixa de carbonizar, como Clara Luz tinha me dito, mas sim um buraco negro, sem tempo nem espaço, uma queda imparável com o estômago sempre a ponto de sair pela garganta. Um Nada tão imenso que Saturno, insaciável, depois de ter mastigado minhas tripas, iria em busca do meu irmão, de suas vísceras inocentes e preguiçosas. Eu não queria isso nem para mim nem para Nacho. Ao jurar por todos os votos que estava fazendo, o de silêncio, o de desapego do meu Pai e da minha Mãe terrenos, o da alquimia e o da generosidade, prometi que chegaria até as últimas consequências, igual quando prometem correr uma maratona nas festas marianas com uma tocha no alto e a linha de chegada parece inalcançável, mas as pessoas chegam. Samsara. Não colocaria jamais a minha alma naquele lugar tenebroso. Nunca. *Never, ever.*

No meu quarto, naquela noite, com a alma irreversivelmente elevada, peguei meu walkman para colocar minhas emoções no lugar. *I don't want pity, just a safe place to hide. Mama, please, let me back inside.* O que eu faria sem Mercury?

16.

Hoje é sábado. Que horror. Meus dois pais estão hermeticamente dedicados à vida caseira. Mas... a mãe de Inés ligou hoje de manhã. Inés está mal. Está em casa porque se nega a ir a um hospital. No hospital acham que ela está louca, só uma louca tem nojo de todas as comidas, sem discriminação. O *almondrote*[21] me provoca golfadas porque parece merda de papagaio, mas se fecho os olhos consigo suportar. Mas Inés, não; para ela, a ideia de engolir, embutir, inserir algo através do esôfago faz suas tripas se retorcerem. Sua mãe pesquisou uma clínica no Chile especializada em curar meninas que não comem, que vomitam o tempo todo, candidatas perfeitas para "O Exorcista 2". É provável que a levem ao Chile e, de passagem, acabe conhecendo o mar. Prometi que faria uma visita à tarde. E fiz.

Antes, anotei num bloquinho todas as coisas que iria contar para distrair Inés. A coitada não gosta de ler e a televisão, de acordo com sua mãe, a deixa com dores de cabeça horríveis. Talvez Inés seja um extraterrestre, gostaria que essa fosse a explicação. A revista *Duda* diz que os sobreviventes de

---

[21] Prato típico de Santa Cruz de la Sierra, feito com banana verde, queijo, cebola e outros ingredientes.

Atlântida, por exemplo, vieram a este plano para recuperar algumas coisas, e que um dos seus grandes desafios é o tipo de eletricidade que utilizamos neste planeta. Uma eletricidade suja, unidimensional, cheia de interferências. O que a Inés tem é uma interferência.

Anotei a seguinte lista de novidades:

A tempestade perfeita: Livy Soler fez justiça com as próprias mãos. Mesmo que as freiras não possam dizer, sei que elas aprovaram essa atitude. Três homens horríveis não podem simplesmente sair exibindo seu avental escolar ensanguentado, "com o primeiro sangue que deveria ter saído de um ato de amor" (Irmã Evangelina dixit), enquanto cruzam Therox a toda velocidade na sua caminhonete com insulfilm, como quem diz: "Olhem só, olhem como somos machões, quem vai encarar?". Tenho certeza de que, sem toda aquela droga, tudo desmoronaria, pá, pá, pá, como um dominó. Livy Soler colocou um deles em seu devido lugar. Uma única bala. Bom título para um filme.

Continuo visitando o Mestre Hernán. É incrível ver a salinha de rituais por dentro. Estar ali. Tem poucos móveis e um cheiro muito doce, de frutas fervidas com um toque de álcool. Mas o melhor de tudo é simplesmente estar com ele, escutando as conversas das árvores, aprendendo sobre Ganímedes e o quão longe está e como chegar até lá. Um mapa inteiro de navegação. E ainda que eu me sinta como uma total idiota quando estou ao seu lado, o que eu mais gosto é disso – estar ao seu lado. Às vezes fazemos inalações de ervas da "percepção", e o que se vê por trás do que é evidente é maravilhoso.

O gauchinho me disse – na frente de todo mundo! – que eu tinha uma "sensibilidade muito especial" para a arte. Disse assim: "Genoveva, você precisa saber que é dona de uma sensibilidade muito especial, você vê o que os outros não veem" (e ele não tinha nem usado as ervas da "percepção", é bom esclarecer). Ele havia pendurado com um prego, sobre a lousa, um quadro de duas mulheres olhando pela janela. É um quadro muito famoso, mas agora não lembro quem é o autor (digamos que viveu durante o Renascimento). Duas mulheres, uma velha e uma jovem, olham diretamente para você da janela, com olhares maliciosos. O sorriso da mais jovem é amplo, de dentes limpos. O sorriso da velha não dá para ver, porque ela mesma cobre a boca com um pano. Eu disse que a velha tinha o sorriso desdentado e com bafo de esgoto e que, com certeza, elas estavam olhando um rapaz, por isso a vergonha, sabe? Também disse que achava que a jovem terminaria igual à velha. Por quê?, o gauchinho perguntou interessado. (De uns tempos para cá, ele começou a se importar muito com o que eu penso, não sei se você já percebeu.) E eu tive que encontrar uma razão completamente maluca dentro da minha cabeça: Pois, porque, porque, porque... porque as duas estão sozinhas aprisionadas na janela. O 'titcher', você tinha que ver, amou a palavra "aprisionadas"!!! Ficou em silêncio um momento e daí sorriu e escreveu com sua mão trêmula na lousa, "aprisionadas", e começou a falar e falar da janela como um motivo nas Artes Plásticas e de como as janelas são escapes e são prisões. De repente, ele se virou, olhou para mim e disse: "Você é dona de uma sensibilidade muito especial". Achei lindo, sabe? Que pena que você não estava lá para desfrutar comigo dessa pequena vitória. As Madonnas mordiam a língua e o próprio rabo, aquelas piranhas, e posso jurar que não almoçaram para não se envenenarem. Todas elas gostam do gaúcho. A única que sorriu para mim meio escondida foi a gorda com quem eu briguei e depois cultivei a horta, lembra? A Vacaflor. Até que vou com a cara dela. Depois eu te faço um relatório sobre o anfíbio. É um babado forte esse aí. As freiras não chegaram a falar com nossos pais sobre "a cena do banheiro", mas acabaram marcando uma reunião com a minha Mãe e, embora ela não tenha acreditado nas insinuações maliciosas, também não achou por bem ficar de bico fechado e contou tudo para o anti-imperialista do meu Pai. Leiloar uma filha, se chama. A ação de vender sua filha a quem pagar melhor. Na volta para casa, no jipe, meu Pai disse: "Só me faltava essa. Das mulheres se pode esperar qualquer coisa". E eu, claro, mandei a ele uma mensagem telepática de Alta Reciprocidade.

 Meu Pai anda mais melancólico que de costume. Quero ir embora logo. Ou que a gente vá embora, como planejamos há algum tempo. Pegar um trem até Pocitos, na Argentina, e dali ver para onde ir. A tia Lu poderia nos dar uma mão, aposto. Se não fosse por Clara Luz, já teríamos ido, né? Agora, por sorte, tenho um plano e um mapa diferentes.

 Também coloquei na mochila o último número da revista *Duda*, que estava bom demais. Eu mesma o consegui, sem assinatura. Os exemplares velhos estão apodrecendo no baú da minha avó, mas esse número é chocante. Li para Clara Luz alguns episódios. Ela gostou muito do que fala do Grande Apagão de Nova York ativado por criaturas extraterrestres em uma base subterrânea bem, bem no fundo da terra. Depois fiquei pensando em como a linguagem é uma artimanha. A revista *Duda* identificava como "extraterrestres" seres que viviam num mundo inferior – deveria ser "infraterrestres", ou até mesmo "intraterrestres". É uma questão de perspectiva, o gauchinho diria. Clara Luz perguntou: De quantas velas será que eles precisaram nessa cidade? Outro episódio fala sobre a reencarnação de uma mulher judia no corpo de uma menina na Venezuela. Um dia a menina quebra um ovo e, então, zás, acontece a revelação. Começa a falar como se fosse adulta. Diz a seu pai que precisa voltar para a Polônia e buscar seus filhos. O encontro com os filhos é, obviamente, arrepiante, porque os filhos já são grandes e ela já tem até netos da sua idade! Esse episódio me eletrizou. O terceiro é o mais bonito, fala sobre óvnis e tem muitos aspectos em comum com alguns Ensinamentos de Ganímedes que o Mestre Hernán me passa em segredo absoluto. Os do Plenilúnio de Touro. Camuflei esses Ensinamentos dentro do caderno da matéria de Psicologia para ninguém desconfiar. Quando o milênio terminar, virão arcas enviadas para buscar aqueles que estiverem preparados para reiniciar uma civilização distinta, com eletricidade limpa e capacidade de contar o tempo de outra maneira, não de forma linear, como eu gosto de fazer. Essas arcas podem mudar sua consistência molecular para atravessar diferentes dimensões. Hoje, nós as chamamos de "objetos voadores não identificados", uma sigla meio boba que não diz muita coisa. Não sei, é difícil explicar. Mas, voltando ao tema óvni da revista, o episódio fala sobre um casal que é abduzido por um disco voador para que se tornem os pais de uma nova raça, tipo Adão e

Eva, mas mais psicodélico. A mulher precisa parir na Terra, em uma localização geográfica específica que fica perto do Grand Canyon, nos Estados Unidos. Quando os devolvem a sua casa, eles não se lembram de nada, só acordam com as órbitas dos olhos frias, como se tivessem colocado seus globos oculares, retina, íris, nervos, tudo, no congelador. Nos Ensinamentos de Ganímedes se explica que, quando o fim deste milênio estiver próximo, a Grande Roda Cósmica, que coloca em movimento forças da natureza adormecidas, começará a girar. Nem tudo estará perdido. Uma nave espacial pilotada por Mestres com uma profunda compreensão se aproximará da órbita terrestre e levará os Iniciados a luas distantes para prepará-los e purificá-los. Esses escolhidos voltarão, então, para iluminar o que restar do planeta, porque nesse momento as pessoas terão morrido de fome ou de medo, e será inútil acumular comida enlatada, como pêssegos em calda ou o *chícharo*,[22] porque tudo o que estiver coberto por metal apodrecerá; apodrecerão as obturações dos dentes, o osso do nariz do namorado da Inés, tudo. A diferença em relação ao terceiro episódio da revista *Duda* é que os Iniciados de Ganímedes não apagam sua consciência, pelo contrário, são capazes de se lembrar de todas as suas vidas; chamam isso de "evolução longitudinal", porque também existe outro desenvolvimento, que é o "quântico". Esse eu ainda não entendo muito bem. É assunto para o professor Marzziano.

Apesar de ter garoado a tarde toda, preferi ir de bicicleta. Thor me acompanhou durante um quarteirão, latindo

---

[22] Leguminosa semelhante ao feijão e ao grão-de-bico, vendida enlatada.

e abanando o rabo, maravilhoso. Deixei-o encarregado de Nacho. Thor entende.

Inés estava sentada na cama, apoiada na cabeceira sobre um monte de travesseiros. Só quando sorriu tive cem por cento de certeza de que Inés era Inés e não a Llorona mexicana. Cadavérica, superpálida e com o cabelo curto, Inés parecia um dos E.T.s que aparecem desenhados na revista *Duda*.

Ei, ela disse. Respirava com dificuldade.

Sentei-me na cama com cuidado. Tinha medo de me acomodar muito rápido e desequilibrar Inés, que já entrou com todo direito na categoria "peso-pena". Segurei suas mãos, estavam frias e com as unhas curtíssimas, sem esmalte.

Como você tá?

Desesperada, disse Inés. Pensei que, por fim, ela ia me explicar seu nojo pela comida, mas, em vez disso, falou que estava desesperada para que a perseguição dos seus pais terminasse. Até seus primos tinham se transformado em cúmplices e controlavam seus passos. Havia todo um complô contra ela. Se revezavam para ficar junto dela durante o almoço e o jantar e esperavam mais uma hora para garantir que o estômago de Inés digerisse o que tinha engolido como castigo. Porque comer, para ela, é um castigo abominável.

Você devia comer numa boa, mesmo que seja só um pouquinho, assim todo mundo fica tranquilo.

Todo mundo tranquilo, menos eu. Inés torceu a boca, ou pelo menos foi o que eu achei, porque, para mim, qualquer movimento em sua cara descarnada parecia uma careta, uma forma de exagerar o que sentia.

Tenho várias fofocas pra te contar, eu disse, para que a minha visita não fosse uma chatice. No fundo, eu estava com vontade de bater nela com um chicote de três pontas, exigir que comesse, que enchesse de gordura, de carne, de células, aquele esqueleto ameaçador espetando debaixo de sua pele desvitaminada. Inés era uma agressão para a minha vista, mas eu a amo. Amo.

Quais?, perguntou com os olhos brilhando. Isso também é superestranho; que, mesmo com toda a secura da sua pele e a opacidade áspera do seu cabelo, seus olhos brilhem cheios de delírio e amor.

Tirei o caderninho da mochila e contei todas as fofocas com riqueza de detalhes. O "plano óvni" não a entusiasmou nem um pouco. Disse que, com certeza, em Ganímedes as meninas não tinham o problema de serem perseguidas para engolir quantidades vomitivas de comida. Os ganimedenhos, disse, devem se alimentar de luz ou de escuridão, dá na mesma. Achou legal a história do gauchinho, que ele tivesse elogiado minha inteligência e percepção diante de todas. Também achou superpunk e incrível que o pai de Livy Soler tenha tirado ela de Therox num aviãozinho. Fugir deste vilarejo num aviãozinho deve ser maravilhoso, disse. Até que enfim algo importante tinha acontecido em Therox. Livy Soler tinha dado um tiro entre os dois olhos do seu estuprador e isso ninguém poderia mudar.

Inés se calou de repente. Três segundos. Revisou o que tinha dito. Perguntou: Por que quando alguém faz mal a outra pessoa dizem "seu estuprador", "seu assassino", "seu algoz"? É patético, ela disse. (Tinha me esquecido do quanto ela também gostava de usar essa palavra, "patético", uma das poucas palavras leais da linguagem.)

Imagino, eu disse, que você nunca mais consegue esquecer dessa pessoa. Ela se torna sua, mas de uma maneira patética. Como um escravo.

Inés entortou a boca de novo. As bochechas ficaram profundamente marcadas. Esticou a mão, que já é quase uma ossada, e fez um gesto como se apontasse um revólver. Bum! Como eu teria gostado de ver aquele cérebro gordo manchando a parede, ela disse.

Então me pediu que colocasse alguma música.

Procura Queen, disse. Ela também gosta do Mercury, mas não é louca por ele como eu. Ela prefere os Ramones e seus venenosos corações sedados.

Ouvimos *Bohemian Rhapsody* três vezes seguidas. Como prêmio por aprendermos de memória passagens completas de Shakespeare, a Irmã Ángeles tinha nos presenteado com a letra completa do Queen. É verdade que ela nos fez analisar profundamente a intenção da letra e expressar críticas falsas, porque na verdade amamos esse hino. A Irmã Ángeles é jovem e não sei se acreditou na farsa (como será o cabelo dela, curtíssimo?).

Mama, uuuuhh, I don't wanna die, I sometimes wish I'd never been born at all... Galileo, Galileo, Galileo, Galileo, Galileo, Figaro, magnificoooo.

Inés cantou um pouco, *but I'm just a poor boy and nobody loves me, he's just a poor boy from a poor family, spare him his life from this monstruosity*, mas logo seu coração começou a bater muito rápido. Digamos que três batidas por segundo. Taquicardia. Chamei sua mãe. Ela disse que Inés tinha que descansar, que em breve a enfermeira chegaria para colocar mais soro.

Quando me levantei para me despedir, uma manchinha de sangue formava um trevo no lençol. Inés tocou a manchinha com seu indicador esquelético. Faz um século que não desce pra mim, disse.

Mas é claro, é lógico. Inés não deve ter nem uma gota de sangue nas veias. Se fôssemos minimamente vampiras, eu teria oferecido meu pescoço para tirá-la desse apuro, para libertá-la dessa fome autoimposta.

Vou indo.

Você volta?

Claro que sim. Venho de tarde, ou quando você me chamar. Logo vamos sair de férias. Quer que eu traga mais fofocas? Anoto tudo, porque às vezes tem versões diferentes.

Super.

Você já quase desapareceu, Inés, agora poderia inventar outros objetivos.

Você também?

Eu também o quê?

Vai me perturbar?

Não, tonta, não seja paranoica. Eu, nunca. E tem mais. Tem uma coisa que eu não te contei sobre o assunto dos óvnis, fico meio assim... É uma coisa louca. Uma decisão radical.

Cruel. Cachorra cruel. Me conta um pouco.

Sua enfermeira já vai chegar.

Um pouquinho...

Não é nada... Eu também estou pensando em vazar.

Você tá namorando?

Não! Isso nunca, que nojo. Só estou pensando em ir embora.

Ir embora...

Com Nacho.

E sua avó?

Vamos ver, está ruinzinha. Mal respira.

Que nem eu.

Não, tonta. Não que nem você. Você vai ficar bem, começa a ouvir um pouco a sua mãe. Clara Luz é velhinha, tem uma enooooorme diferença.

Inés me abraçou. Senti seu esqueleto cálido, amoroso. Passei a mão por suas costas e ela se queixou um pouco, escutei sua respiração chiada, como de gato. Quis quebrá-la, parti-la em duas para acabar com tudo, crec, e quem sabe enfiá-la dobrada na minha mochila como uma boneca de pano, de arroz e areia, junto com as coisas que levarei a Ganímedes quando a nave vier me buscar.

Tchau, eu disse.

Coloca rápido essas frutas na mochila, são pra Clara Luz.

Me concentrei nas maçãs e pêssegos que inutilmente tinham colocado para ela num prato sobre a mesa de cabeceira, para que Inés não visse meus olhos líquidos.

Então ela suspirou e disse:

Tchau, Gen.

Voltando na bicicleta, sem me importar que o selim ficasse manchado com meu sangue, assoviei um pouquinho de

Queen. Meu Pai odeia que eu assovie. Só os pedreiros assoviam, diz anti-esquerdisticamente. Inés não tinha se lembrado do meu aniversário e pensei que era melhor assim, um tempo sem marcas, um tempo total. Então assoviei com ainda mais força, como se estivesse enchendo o universo com minha respiração, enchendo-o de mim e de tudo o que me doía. *Friends will be friends*.

17.

Depois da Iniciação, comecei a contagem regressiva e tomei a decisão de libertar Clara Luz. E nesta semana os dias se desprenderam do tempo. Além disso, eu já não sou uma menina ou uma púbere. Noite após noite fechei os olhos para pensar no Mestre Hernán, em seu olhar, no tom da sua voz, em sua respiração escura. Seu hálito é como um cheiro de pele, não consigo pensar em nenhuma metáfora agora. Estou quase vazia. As palavras me incomodam. Patético, paradoxal, infame, atroz, trotskista, social-materialista, roqueiro-comunista, nada tem sentido. Ele exige de mim a contemplação do mundo tal como ele é. Isso implica me afastar do meu diário também.

A primeira coisa que decidi contemplar foi Nacho. Dormia com os bracinhos sobre a cabeça, como um bailarino. Era difícil vê-lo sem "o véu do amor", ficar com os olhos inflamados, parecidos com os de um sapo (mas sem a gelatina asquerosa com uma dose de merda do anfíbio que Vacaflor cagou), o pescocinho grosso, a flacidez de suas pernas que não resolvem caminhar. A contemplação começou a dar frutos pouco a pouco. De repente, percebi uma marca que nunca tinha visto antes no meu irmãozinho. Uma manchinha disforme e marrom como espuma de Coca-Cola em seu calcanhar gorducho.

Nem tudo estava dito sobre Ignacio Bravo Genovés, meu irmão, e se eu o abandonasse, todos em casa, inclusive ele, iriam levar seu idiotismo a sério. O que eu devia fazer? O Mestre Hernán tinha me dito que deveria meditar profundamente sobre Nacho. Ele e eu, o Mestre diz, somos expressões de uma mesma energia, isso se nota só de olhar. Minha Mãe e eu, por outro lado, estamos resolvidas. Não temos mais nada pendente. Devia abandoná-lo? Tinha em meu poder um mapa cármico e eu seria sua desenhista, a que traçaria as fronteiras. Mãe e Pai terrenos ficariam definitivamente de fora.

Não podia levar Clara Luz. Mas também não podia deixá-la em sua interminável agonia. Não assim. Não à mercê de suas feridas, em quarentena infinita, como uma leprosa. Estava disposta a carregar esse "corte cósmico"? Foi assim que o Mestre Hernán chamou a interrupção do fio de prata de Clara Luz.

A decisão não foi tão difícil. Quando você consegue ver para além de si mesma, nenhuma decisão é difícil. Sem querer, sem buscá-la, a sombra de Laurita Vicuña se projetava de uma maneira específica sobre mim. Ela, com seus doze anos, tinha sido capaz de oferecer sua existência terrena para salvar a alma da mãe adúltera. Quando viu que as pedras no sapato não eram oferenda suficiente para os olhos de Deus, se encheu de coragem e entregou a própria vida. Deus gosta desse tipo de oferenda. Seu canibalismo é silencioso e paciente. E agora, com uma ou outra variação, esperava por mim também.

Soube o que tinha de fazer e hoje, esta noite, fiz.

De alguma forma, de acordo com o que o Mestre tinha me

explicado, precisava obter o consentimento dela. Ela, minha avó, também tinha que estar de acordo e dar o passo comigo. "Você será uma espécie de parteira", ele tinha me explicado, contando a história de sua própria mãe, que era parteira e por isso tinha nos ombros grande parte do carma dos que acabavam de nascer. "Porque quem ajuda a nascer, ajuda a morrer". Eu tinha que distribuir em partes iguais o peso da energia interrompida de Clara Luz. Ela tinha que cortar, através da minha mão, o cordão cósmico.

O cordão foi se rompendo com a palavra, quando ela disse "Gen", tossiu, engoliu catarro e pouco depois disse "Eva".

Para entrar no seu quarto, eu tinha batido à porta. Três vezes, como se entre Clara Luz e eu houvesse esse tipo de código.

Fazia uma semana que Clara Luz não conseguia respirar nem por um segundo sem o tanque de oxigênio, por isso afastou a máscara e perguntou, com sua voz de bruxa boa, por que eu estava pedindo permissão para entrar no seu quarto, que eu não fosse tonta. Entra logo que estou sufocando, disse.

Eu não podia deixá-la assim, sufocando.

Então expliquei tudo a ela. Disse que iria embora, que levaria Nacho.

Descobriram sobre o feto? Você não o queimou?

Não, não é por isso.

Você vai embora... com aquele homem?

Não é um homem, eu disse. Fiquei quieta por um momento. A incredulidade ainda me corrompia. Aprendi que a corrupção da fé e da força começa por aí.

Não?, ela disse devagarinho, tímida. Senti que Clara Luz ria debaixo da máscara de oxigênio. Ria como uma menina.

Não. Ele é... um Iniciado.

Um quê?

Um espírito superior, Clara Luz, alguém em quem você pode confiar.

Entendi.

Provavelmente acreditava em mim. Provavelmente não se importava mais.

Minha garganta ardia, mas eu não ia começar a chorar, a enfraquecer. Clara Luz merecia toda a força da minha decisão. Minha companhia completa, sem mesquinharia. Tirei do meu bolso um cigarro de sálvia que tinha enrolado com uma folha de desenho e acendi. Traguei profundamente.

Quer?, pisquei um olho para Clarita.

Afastei de novo a máscara e aproximei a sálvia dela. Clarita aspirou fundo. Tossiu como uma endiabrada, mas logo quis tragar um pouquinho mais da sálvia bendita.

Quando minha vó começou a falar em latim entre risinhos, soube que estava pronta. Peguei com firmeza o tanque de oxigênio e o abracei como um amigo. Tudo, naquele momento, era um sinal vital. Tudo respirava e se tornava sensível ao toque da minha mão. Minhas mãos culpadas e valentes. Eu era o Rei Midas ao contrário. Seu oposto. O oposto do mundo. Minhas mãos sinistras deteriorando tudo.

Fechei a chave do tanque. Beijei as mãos venosas de Clara Luz, acariciei um pouco seus pés, que estavam frios, mas logo me afastei. A própria Clara Luz tinha me contado, quando me ensinava as artimanhas do vodu, que a alma sai pelos pés.

Acariciei seus cabelos brancos e foi então que ela disse "Gen", que tossiu, e depois disse "Eva".

Boa viagem, vó, eu disse já da porta, esmagando o nariz contra a tela milimétrica.

Thor também chorava.

Não posso levá-lo.

São dez da noite. A babá já foi embora. Minha Mãe ainda não voltou de onde quer que tenha ido. Meu Pai dorme na cadeira de balanço do quintal, estremecido pelos primeiros sintomas da febre do Mayaro.

Enfio a cara no meu travesseiro. Tento não chorar.

Pego o diário e escrevo um pouco. Minha letra mudou, não é mais tão redonda. Deve ser medo. Ninguém disse que seria fácil. Me distraio pensando na pintura de minha Mãe que o Mestre Hernán tem em seu poder. Ela está nua e tem Nacho entre os braços. Ela também é uma Ísis?, perguntei. O Mestre Hernán sorriu e disse que não, "ela está presa ao instinto". Imaginei minha Mãe com grilhões enormes nos calcanhares, uma espécie de Laurita Vicuña dos infernos.

18.

É quase meia-noite e meu Pai continua no quintal. Aperto meus olhos para enviar uma mensagem telepática ao Mestre Hernán: Vou demorar um pouco, mas vou. A mensagem viaja no plano astral. Tento rezar em latim um Paster Noster ou repetir um mantra dos Ensinamentos. De novo as orações se misturam. Vou sentir falta da Auxiliadora. Copiarei sua forma de olhar.

Minha letra, agora alargada como uma língua de fogo, escreve:

É horrível me despedir. E ao mesmo tempo, saber que vou embora, que estou cortando os fios, me faz abrir os olhos. Esse terceiro olho do qual mamãe falava, do qual o Mestre Hernán fala. Vemos as pessoas de forma mais clara, mais verdadeira, e não tem mais tanta importância se te trataram mal, talvez até sem perceber. Com a ladainha de que você deveria ser tudo o que eles não conseguiram ser, se aproveitam para te castigar por suas próprias falhas. Essa é a minha teoria.

Nunca roubei. Quer dizer, nenhum roubo sério. Até hoje. Meu Pai guardava algumas economias numa caixa de sapatos no compartimento superior do guarda-roupas. Eu sabia porque uma vez, enquanto ajudava a trocar Nacho, vi com o cantinho do olho ele lambendo os dedos para contar as notas pegajosas. Antes, quando não era possível trocar pesos bolivianos por dólares por causa da hiperinflação, meu Pai guardava os quilos de notas em sacos de arroz. Com três sacos, pagava as mensalidades escolares. Não sei que planos ele terá agora, porque papai é uma dessas pessoas que detesta fazer planos ou cultivar algum sonho concreto. Seu grande sonho é a utopia de um mundo no qual o preço, essa "marca da besta do capitalismo", seja o resultado do valor real das coisas. Uma maçã vale pelos seus nutrientes, alguma coisa nesse sentido. Uma maçã numa árvore é de todos, como a chuva. Abel e Caim têm o mesmo direito de dar uma mordida. Reciprocidade marxista. Para que ele economiza, então? Talvez só minha Mãe saiba. Talvez não. Pois ainda que, segundo ele, tenhamos gastado um dinheirão nos medicamentos de Clara Luz, a verdade é que minha avó tinha suas próprias economias e até seu túmulo, sim, é horrível, até seu túmulo está pago, com seu próprio dinheiro das rezas e do vodu.

E com respeito ao vodu: naquele dia, quando voltei para casa depois de ver Inés, de me dar conta de que ela decidiu se pulverizar como um vampiro na luz da manhã diante dos olhos atônitos de sua família, desmaterializar-se, desintegrar sua dose de calorias em partículas que flutuam no ar, não engordar jamais – e sabemos o que "jamais" significa nas nossas leis, nos nossos pactos, na alma de Inés da forma como eu a conheço, mas também da forma como não a conheço –, naquele dia peguei a boneca de pano que ela fez na aula de

Artes Manuais há dois anos e que me deu como presente de amizade eterna, peguei a boneca e a dobrei no meio, exatamente na cintura. Foi um impulso. Sentia uma mistura de raiva e de vontade de morrer. Uma mistura que eu não conseguia classificar em parte boa e parte ruim. Inés tinha costurado muito bem os botões no rostinho da boneca e desenhado dois pontinhos como nariz. Deve ter colado uma boquinha de pano vermelho, mas não tenho certeza. Talvez ali nunca tivesse havido nada. As freiras disseram que era um estilo japonês, essa incompletude. Enquanto dobrava a boneca no meio, entendi melhor porque Clara Luz diz que o vodu também é uma religião, um estranho ato de amor e de fé. *Figura umbrana aeris, foetor cadaverum viginti cubiculum aurarum veris volumina fumi putidi species generis veri.* Meti a boneca japonesa na mochila, para não me esquecer de Inés, e agora ela está ali no fundo, dobrada, quebrada, invertebrada, incapaz de dar beijos.

Mas eu estava escrevendo sobre o roubo. É que quero deixar tudo esclarecido, agora que vou precisar me desligar do caderno. O Mestre Hernán diz que isso, essas páginas, estão cheias de matéria, de energia e carma. E que são minhas. Uma alma jamais deveria permitir que seu destino fuja, que se torne névoa em outras vidas. É preciso queimar o caderno, incinerar essas palavras, ele disse.

Entrei nas pontinhas dos pés na hora da sesta. Era minha única oportunidade. Meu Pai dormia com a boca semiaberta, mas não roncava. Isso é estranho; que só ronque de noite, como se tivesse ciclos animais. Nas aulas de Natureza estudamos sobre isso: os animais têm ciclos perfeitos de alimentação e sobrevivência, se defendem, não atacam, são muito organizados, leais, unidade perfeita entre personalidade e pele, e o que os faz entrar em extinção é o caos. Não seria uma loucura completa, portanto, pensar que meu Pai ronca de noite para espantar os possíveis ladrões.

O resplendor da janela despontava nos pelinhos novos da sua barba. Percebi que alguns pelinhos eram cinza. Fiquei parada um tempinho aos pés da cama para calcular a profundidade do sono de papai. Não se mexeu. Também não sei se era só impressão minha ou o tique-taque de relógio em contagem regressiva no qual meu coração havia se transformado, mas meu Pai tinha algo de preocupação no rosto, como se tivesse dormido com dor de dente ou algo assim. Não tinha o cenho franzido feito um punho, como quando Nacho não os deixa dormir e na manhã seguinte precisamos usar um colete à prova de balas na hora do café, mas juro que tinha algo, uma rigidez nas bochechas, no maxilar, que me fazia pensar que meu Pai não era feliz, que queria chorar mas não podia, primeiro porque é homem, segundo porque um homem adulto não pode se permitir esse luxo, essa viadagem "entreguista", para usar a linguagem trotskista. Até hoje ele se envergonha de sua fraqueza na noite em que meu irmão nasceu. Nunca falamos sobre esse dia, nunca. É um *segredo natural*.

Meu Pai tinha três maços finos de dólares em notas de vinte e cinquenta, nenhuma de cem, porque com as notas de cem é preciso ter cuidado – sempre existe a possibilidade de que sejam falsas. "Uma falsa não serve nem pra limpar a bunda". Naquela caixa de sapatos estava o suor proletário. Fiquei com pena de levar os três montinhos. Deixei um maço para emergências. Uma parte de mim queria sumir, cair no que o Mestre

Hernán chama de "falácia branca" e que os demais, os que ainda não se iniciaram no Caminho da Consciência, conhecem como "culpa". Outra parte estava orgulhosa de poder cruzar esse limite por um objetivo maior. Quase posso adivinhar o que Laurita Vicuña sentiu quando ofereceu sua vida pela de sua mãe, uma emoção efervescente, uma alegria que de tão alegre é quase dor. Peguei o dinheiro sem culpa. Precisamos e ponto, e é para o bem de todos.

Agora, enquanto espero que a lua diminua, que minha Mãe volte de onde quer que esteja e meu Pai deixe de esperá-la com essa dor horrível e ambos se deitem e todos habitem o planeta dos sonhos, porque o Mestre Hernán diz que essa dimensão, a dos sonhos, também é física, ainda que não pareça assim quando despertamos, verifico se tenho tudo de que preciso na bagagem. As coisas que levarei a Ganímedes. Vejo as fraldas, a mamadeira, a bolsa térmica, o xale preto, a boneca sem boca, meu vestido branco de laise que está meio justo, mas serve para a Grande Viagem, o dinheiro e a mecha de cabelo de Clara Luz, que há pouco, ao me despedir, depois de interromper o oxigênio e beijar seu rosto, cortei. Também não senti culpa ao cortar seu fio de prata, e Clara Luz entendeu. Enquanto seu ar acabava, e apesar do soluço que entrecortava suas palavras, pude escutar meu nome pela última vez em sua voz de aguardente, sua voz de contos de fadas, sua voz de bruxa, sua voz tão amada. "Gen", disse primeiro, e aí sufocou um pouco. "Eva", disse por último. Um suspiro que nasceu no estômago a chamou rumo a um interior profundo, um interior que todos nós temos, eu sei, e que se torna uma espécie de lago invisível quando morremos. Em direção a esse lago de ondas concêntricas se foi o sopro de vida da minha avó, e ali, certamente, Clara Luz sorvia as águas. Porque minha avó nunca dizia "beber", dizia "sorver", e não era uma metáfora, mas sim uma linguagem mais bonita, de quando Clara Luz tinha a minha idade. Fechei a porta de tela devagarinho. Thor chorava lá fora com ganidos fracos. Quando quis acariciá-lo, abaixou as orelhas. Me rejeitava. Sentiu medo das minhas mãos sinistras. Eu o respeitei. Sei o que é querer que ninguém te toque. Vou sentir sua falta.

Está tudo pronto na mochila e a lua começou a enfraquecer.

19.

Duas trocas de roupa, a espada de Samael, três potes de frutas em conserva e um galão de gasolina é tudo o que carregamos na carroceria. Numa sacolinha de pano, debaixo da camisa e amarrada na cintura, carrega o dinheiro, nosso dinheiro. Não é muito, mas o suficiente para fazermos o que é preciso, segundo me explicou.

É uma noite morna e, quando o vento sul começar a soprar, já não estaremos mais aqui.

Atravessamos a estrada, passamos pela escola, a escola que, à noite, é um monstro triste. Therox vai ficando para trás. O Mestre Hernán me disse que quando sairmos totalmente da província, já perto de Santa Cruz, a capital, e depois de trocarmos de veículo, ele vai pisar fundo e deixar que a velocidade nos devore e nos leve até Samaipata, na grande esplanada.

Viajo em silêncio no assento do copiloto. Antes de partir, inalamos um pouco as ervas da "percepção" e, ainda que sob a minha pele meu coração bata desenfreado, meu juízo está em ordem.

Consegui sair pouco depois da uma da manhã, quase rastejando, quando meu Pai entrou para buscar um remédio na mesa de cabeceira da minha Mãe. Levei Nacho nas costas, com o xale preto, no estilo das cholas, e corri e corri pelas ruas do vilarejo, como uma louca. Minha sombra nas paredes das casas era a de uma jubarte, a de um monstro feliz e desesperado. Nacho está dormindo nos meus braços. O Mestre Hernán tem grandes planos para nós.

Meu irmãozinho poderá encarnar o Anjo Samael.

E eu... eu serei uma Ísis.

Que horas vamos chegar?, pergunto.
Não se preocupe com isso, menina, este é o nosso Tempo.
Posso colocar uma música?
Melhor escutar o som da noite. Aprenda a escutar o universo. Existem estrelas explodindo e universos morrendo e só é preciso prestar atenção pra ouvir essa enorme hecatombe.
Eles vão me reconhecer quando me virem?
O que você acha?
Que sim. Agora eu sou uma Ísis, quer dizer, cheia de fé.
Isso, menina. É isso mesmo. Vão te reconhecer, vão te ungir. Isso mal está começando.

Tiro o diário da mochila. Ao chegar à esplanada terei de dá-lo como oferenda. Vou incinerar todas as palavras, vou soprar as cinzas ao vento, nas colinas.

Posso escrever uma última coisa?
Escreve, se despede, ele sorri.

Acomodo meu irmão no braço esquerdo, como a réplica daquela "Pietá" da qual já falei. Suas palmas limpas, sem linhas, sem dobras, voltam a me fascinar. Apoio o caderno sobre o seu corpinho e escrevo:

"Como será um óvni por dentro? Na revista *Duda* aparecem como dois pratos fundos um contra o outro, com muitas janelinhas e luzes, raios de luz azul saindo pela base. O Mestre Hernán diz que essa é uma ideia preconcebida. Um óvni pode ter uma forma familiar. Tem gente que viajou a Ganímedes através do tronco de uma árvore, ele diz. Não é para inventar tanta moda com o óvni, é só um meio de transporte. O que importa é a viagem. A viagem. Nada mais. Estou levando Nacho comigo. De algum modo, também levo Clara Luz. Seu corpo, o sabugo da sua alma, ficou na casa do meu Pai e da minha Mãe, e é com esse resíduo que eles terão de se conformar. Olho o céu da janela. Minha letra é uma coisa viva, movediça, por causa dos solavancos da caminhonete velha. Órion está claro, como quando meu irmão nasceu. Preciso ir me despedindo das coisas conhecidas. Do cheiro da terra, do vento contra a velocidade da bicicleta, da cor do cabelo da minha Mãe, da melancolia do meu Pai e de sua voz de Marlon Brando. Em troca, talvez me encontre em Ganímedes com os seres que amei. Inés, Mercury, Clara Luz e Thor. Muito em breve, o Natal vai chegar e o vilarejo vai se encher de luzes e de uma bondade passageira. Quero terminar esse escrito com a promessa que Anne Frank fez a si mesma na penumbra de um sótão, uma promessa que agora é minha: *Se Deus me deixar viver, irei muito mais longe que minha mãe, não ficarei na insignificância, terei um lugar no mundo.* Eved.[23] Adeus, Adeus, querido Diário. Obrigada por tudo".

---

[23] Palavra vinda do hebraico. Pode significar "servo", "súdito".

Beijo a capa dura do caderno. Nunca mais escreverei aqui. Tudo está destinado ao fogo.

Nacho acorda, chora, estranha o Mestre Hernán, a cabine do veículo. Bate por instinto seu crânio desproporcional contra o meu tórax. Digo coisas doces ao seu ouvido, ele baba um pouquinho, mais tranquilo. Então levanto a camiseta e ofereço meu peito diminuto, meu mamilo que parece uma flor escura.

Nacho se agarra, faz barulhinhos, vai se acomodando com as pernas fofas cruzadas, como um embrião.

O céu de repente é uma coisa profunda, cheia de tempo, um espelho escuro de Alta Reciprocidade.

Viajando assim, nós três somos uma nova civilização.

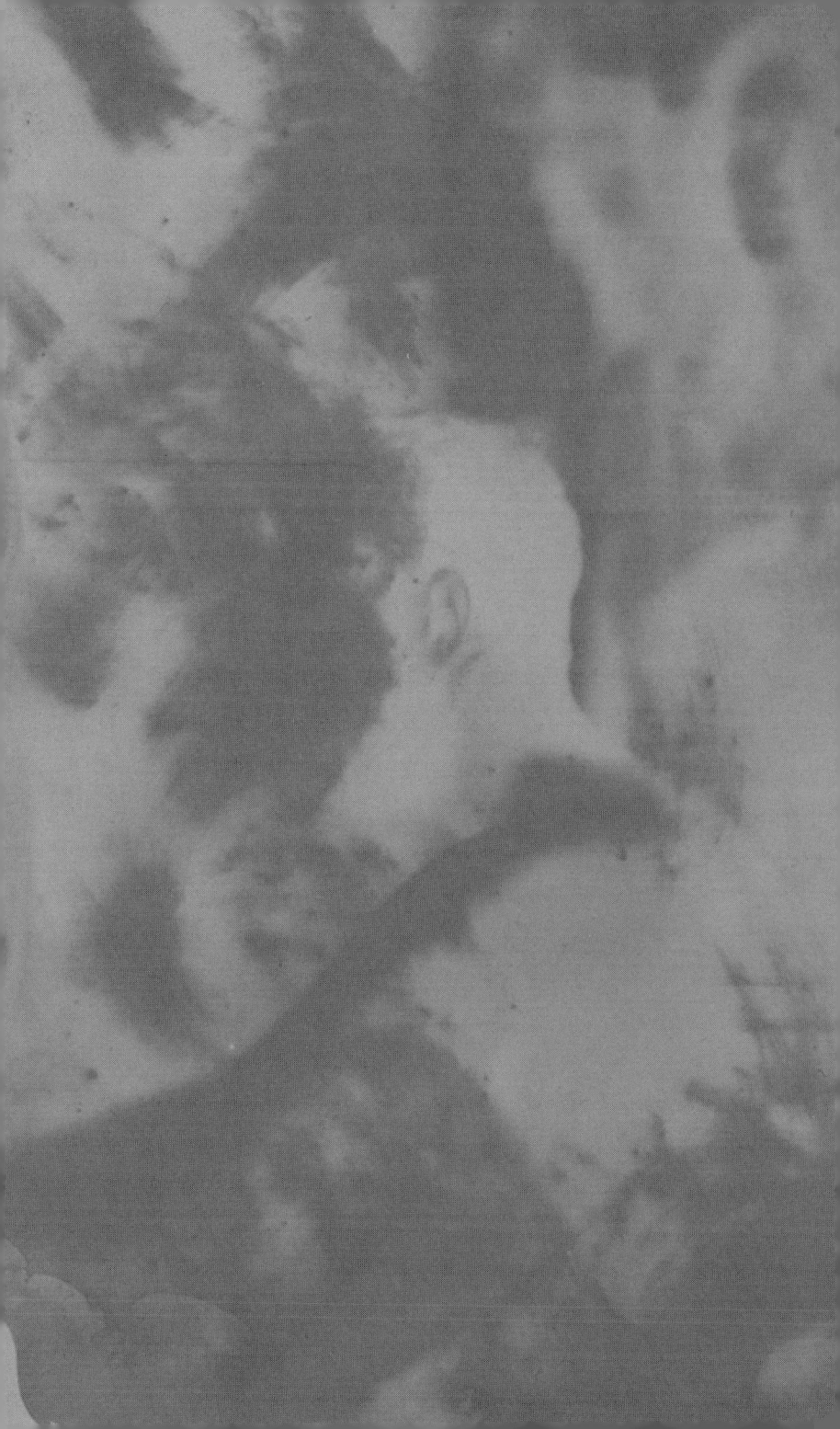

Sobre a autora

GIOVANNA RIVERO (Montero, Bolívia, 1972) é escritora e doutora em literatura hispano-americana pela Universidade da Flórida. Foi professora de semiótica e jornalismo por muitos anos na Universidade Privada de Santa Cruz de la Sierra.

É autora dos livros de contos *Las bestias* (1997), Prêmio Municipal de Santa Cruz; *Contraluna* (2005); *Sangre dulce* (2006); *Niñas y detectives* (2009); *Para comerte mejor* (2015), Prêmio Dante Alighieri, publicado no Brasil em 2022 pela Editora Peabiru; e *Tierra fresca de su tumba* (2020), lançado no Brasil em 2021, numa coedição das editoras Incompleta e Jandaíra.

Rivero publicou quatro romances: *Las camaleonas* (2001); *Tukzon* (2008); *Helena 2022* (2011); e *98 segundos sin sombra* (2014), transposto ao cinema pelo diretor boliviano Juan Pablo Richter e vencedor do Prêmio Audiobook Narration.

Entre seus livros juvenis, destacam-se *La dueña de nuestros sueños* (2005) e *Lo más oscuro del bosque* (2015), livro recomendado do ano pela Academia Boliviana de Literatura Infantil e Juvenil. Além disso, a autora colabora com jornais e revistas de diversos países.

Em 2004 participou do Iowa Writing Program e em 2007 recebeu a bolsa Fulbright. Em 2005 obteve o Prêmio Nacional de Contos Franz Tamayo e, em 2015, o Prêmio Internacional de Contos Cosecha Eñe. A Feira Internacional do Livro de Guadalajara de 2011 incluiu Rivero na lista dos "25 Segredos Literários Mais Bem Guardados da América Latina".

Atualmente, Giovanna vive nos Estados Unidos, na Flórida, onde dá aulas de escrita.

@editoraincompleta
www.incompleta.com.br
editora@incompleta.com.br

@editorajandaira
www.editorajandaira.com.br
atendimento@editorajandaira.com.br

eureciclo

Impressão e acabamento: Gráfica Viena
Papel: Pólen Natural 80g
Fontes: Hierophant, Flama e Dasha
Tiragem: 1500 exemplares
São Paulo, outubro de 2022.